JN098743

一匹狼の花嫁
～結婚当日に「貴女を愛せない」と言っていた旦那さまの様子がおかしいのですが～

Mikura
Mikura
Illustration:Sabarudoro
さばるどろ

Ni NOVELS

CONTENTS

一匹狼の花嫁

～結婚当日に「貴女を愛せない」と言っていた旦那さまの様子がおかしいのですが～

一章　魔法の国からの花嫁

人間には二種類いる。一つは魔法という奇跡の力で様々な現象を起こすことができる魔法使い。もう一つは獣の力を身体に宿し、強靭《きょうじん》な肉体を持つ獣人である。

この二種族は数百年の間対立し続けていた。命を奪い合う戦争となったことも少なくはない。しかしここ数十年は冷戦状態が続いており、平和を望む王が両国それぞれに立ったことで争いは完全に収束した。

現在は平和条約を結んで約二十年が経つ。それでもまだ、二種族の確執が消えたわけではない。魔法使いにはいまだ「獣人は粗野《そや》で野蛮である」と毛嫌いする者が多いし、中には魔獣と同類だと人間扱いしない者だっているくらいだ。

直接的な戦争はしていなくとも交流はないに等しく、国王同士が和解を望んでいても国民同士の感情は追い付かぬままであった。

『これは由々しき事態である。我々は友好国となっていかなければならないというのに。ああ、そうだ。互いを知らぬから争いが起きるのだ。二国の交流を盛んにするためにも、両国の重要な家同士を結び付けるというのはどうだろう』

魔法の国マグノの平和主義の王からそのような話が飛び出して、獣の国ヴァダッドのおおらかな王が大賛成した。そうして最終的に互いの国境に位置する魔法貴族、獣国要人の家からそれぞれ妙齢の男女が選ばれて――この盛大な政略結婚の花嫁となったのが私、フェリシア＝ミリヴァムである。

純白の花嫁衣装に身を包み、色とりどりの花で飾られた馬車でこれから私はヴァダッド国へと向かう。まさか十八歳の成人と学園の卒業と共に呼び戻され、いきなり結婚させられるとは考えてもいなかった。

（貴族の娘なのだから将来的に政略結婚するのだろうとは思っていたけれど……さすがにこれは予想外だわ）

相手はヴァダッドで名の知れた軍人であり、国境領地を治めている男性だ。おそらくマグノとヴァダッドの名家では最も近い家同士になるだろう。

その人は狼《おおかみ》の獣人で、姿絵ではかなり毛深く獣じみた容姿に血走った目をした男性であった。それを見た父は目を見開いて「ありえない。獣人はここまで獣に近い風貌ではない」と言っていたので、どうやらこの結婚をどうにか破談にしたい勢力に姿絵をすり替えられたようである。つまり、私は相手の顔も知らないまま嫁ぐことになってしまった。

「フェリシア、お前にこんな重荷を背負わせることになってすまない。そんな首枷《くびかせ》まで着けさせて……」

「お父様……」

父フレデリクは普段から深い眉間の皺《しわ》をさらに深くして、怒りを堪えるように声を震わせていた。

そっと自分の首に手を伸ばすと指先に触れるのは冷たく硬い感触。そこにあるのは装飾品のように魔宝石をちりばめて作られた銀のチョーカーで、これは本来犯罪者につけられる魔力封じの魔道具を見栄えよく改造したものだ。見た目からは罪人用の枷であると分からないだろう。

獣人の身体能力がいくら高くても、一対一では強大な魔法には太刀打《たち》ちできない。だから魔力量の多い私はこの枷で力を封じてあちらに危害を加える気がないことを示さなければならない、らしい。

……これは王命であり、国王の決めたことに逆らうつもりはない。

「マグノのためなら本望です。貴族として生まれた以上、国のために尽くすのは当然のことでしょう?」

国家防衛の要である辺境伯の娘として生まれたのだ。ミリヴァム家は国を守る盾《たて》である。私は我が家を誇りに思っているし、この役目も国を守る一助になると信じて受け入れた。

私自身は獣人を嫌ってはいない。むしろマグノと全く異なるらしいヴァダッドの文化には興味がある。ただ、まだ互いの国の関係が不安定で簡単に行き来できるような状態ではなく、危険がないとは言えない。だからこそ家族は私の身を案じている。……今の私には、己の身を守る術がないから。

「可愛い娘、フェリシア。……離れていても貴女《あなた》のことを常に想っているわ。どうか、無理はしないで」

「はい、お母様。私も家族のことを想っています。どうかお元気で」

「……フェリシア。こちらのことは気にしなくていいから、君は自分を大事にね」

「ええ。お兄様も、無理をして体を壊さないでくださいね」

母のメリージュ、兄ランクルトにもそれぞれ別れを告げ、私は馬車に乗り込んだ。マグノの人間は全員が魔法使いであるため、連れていける従者はいない。この馬車も護衛も私を相手の元に送り届けたら自国へと帰る。私はたった一人でヴァダッドに嫁ぎ、そこで暮らすことになるのだ。……不安はもちろん大きい。

（けれど、きっと酷い扱いはされないでしょう。相手がこの結婚をどう思っているかは分からないけれど）

私の身に何かあれば再び戦争となりかねない。だからこそ相手も私を丁重に扱うしかなく、少なくとも最低限の生活は保障されるだろう。花嫁というより人質という方が分かりやすい役目だ。

私に課せられた役目は大きく分けると二つ。一つ目はヴァダッドで暮らし、そこで暮らす人々の習慣や文化を実際に体験して知り、それらをマグノへと伝えること。二つ目は獣人と交流し、マグノがどのような国か、魔法使いがどんな人間なのかを知ってもらうこと。

結婚はこの二つの役を果たすための手段のようなもので、本来の〝結婚〟とは随分《ずいぶん》違う。

（でも、楽しみがないわけではない。ヴァダッドには昔から行ってみたかったんだから）

魔法使いは知的好奇心が強い種族だ。私の関心は、見たことのない隣国の人や文化に向いていて、子供の頃は獣人に会えないかと国境までこっそり出かけていたものだ。……まあ、会えたことはなかったけれど。

もちろん学園でもヴァダッドや獣人について書かれた図書や資料を探してみたが、悲惨な戦争の記録と憎悪によって歪《ゆが》められたとしか思えないような、悪意ある文献ばかりですぐに見るのをやめてしまった。そこに書いてあった通り獣人が無知性で凶悪な生き物であれば、憎しみと嫌悪の残ったままの両国で小さな諍《いさか》いすら起こらないのはおかしい。

まともな資料など存在せず、獣人の姿絵は怪物的に描かれていた。そんな参考にならない資料を五冊も連続で見つけてしまい、そこにまともな情報はないと結論づけた私はそれ以降、学園でヴァダッドについて調べることをしなかった。実家に戻ればかなり近い距離にあるのだからなんとかこの目で確かめ、己で調べてみようと考えていた矢先に、この結婚が決まったのだ。

だから今日、私は初めて獣人を目にする。出会えるものに思いを馳《は》せながら馬車に揺られ、一時間程で到着を告げられた。暫《しばら》くして扉が開かれたので心して外へと一歩踏み出す。

マグノからの護衛騎士がエスコートをするものだと思っていたが、馬車を降りる私の手を取ったのは見知らぬ男性だった。

（……狼？）

本来人間の耳がある場所には、彼の鈍く輝く銀灰色の髪と同じ色をした獣の耳が生えている。切れ長の鋭い目の中に浮かぶ瞳は熟したワインのような深い赤で、瞳孔はアーモンドのように丸みを帯びた縦長の形。整った顔に野生の獣のような鋭さが滲《にじ》む、不思議な人だった。人間であるはずなのに、見た瞬間に思い出したのはいつか小高い崖の上で見かけた狼の姿だ。

ゆったりとした黒い生地の服に金の糸で繊細《せんさい》な刺繍《ししゅう》の装飾を施した衣装。そのはためくマントのような上衣の間から大きな尻尾《しっぽ》が覗《のぞ》いている。初めて見る服だがきっと、特別な日のために仕立てられたものだ。これがヴァダッドの花婿衣装なのだろう。

「……はじめまして、花嫁殿。俺がアルノシュト・フォン・バルトシークだ」

「はじめまして、花婿さま。私はフェリシア＝ミリヴァムと申します」

彼が私の対となる存在。ヴァダッドから花婿として差し出された英雄的軍人。爪の先が鋭く尖《とが》った大きな手を借りて、私はヴァダッドの地に降り立った。そうすると彼が驚くほど長身であることが分かる。私はマグノ女性の中でも長身の部類だというのに、それでも頭一つ分以上は彼の方が高かった。

(獣人ってみんな大きいの？　それともこの方の背が高いのかしら……)

馬車と護衛はすぐにマグノ国へ向けて出発し、私は一人でこの地に取り残される。不安や恐怖がないわけではないがアルノシュトから強い嫌悪を感じなかったせいか、まだ落ち着いていられた。

獣人は魔法使いを嫌っている。差別、侮蔑《ぶべつ》を向けてくる相手を好ましく思えないのは当然のことで、睨《にら》まれるくらいはするだろうと覚悟していたのだけれど、彼は無表情に私を見つめただけだった。

「婚礼の儀は略式で行う。参列者はいない」

「ええ、承知いたしました」

冷淡な声だがやはり怒りや憎悪などの感情が含まれているようには感じない。婚礼が略式だと告げられても予想の範囲内なので驚かなかった。この結婚を祝う者は、互いの身内にはいないに違いない。私の家族とてこれから娘を戦地にでも送り出すかのような表情だったのだから。

(アルノシュト様はどう思っているのだろう。この、結婚を……)

小さな礼拝堂で私たちの式は淡々と執り行われた。招待客も親族もいない。夫婦となる両名と頭から布を被った顔の見えない司祭が一人だけの、ひっそりとした結婚式。証人となる司祭の前で夫婦になることを誓い、一つのグラスから神より賜《たまわ》ったという水を交互に飲んで飲み干したら終わりだ。出会ったばかりの私たちにとってこれはただの義務であり、感慨も何もなかった。

ただ、祖国の婚礼とはまた違った様式であることには興味を惹《ひ》かれ、それを体験できたこと自体は少しばかり興奮してしまったのだけれど。

(私達の国では装飾品を交換するけれど……神から賜った水って一体どのようなものなのか気になるわ。尋ねればアルノシュト様はお答えくださるかしら)

式を終えればまた馬車に乗り込んで、次はアルノシュトの屋敷——つまり、私の新しい家でもある場所へと向かう。一応夫婦なので同じ馬車に乗り込んだが、お互いになんと切り出せばいいか分からず無言だった。

彼の大きな尻尾が不規則に動くので、私はついそれを目で追ってしまう。毛並みのいい、ふかふかとした尾だ。あれは髪と同じように手入れをする必要があるのだろうか。

(……見られてる?)

落ち着かない心をなだめようと外の景色を見ていたら時々視線を感じる。ちらりとそちらに目を向けるとアルノシュトが私の方を見ていた。ただ、目が合うこともなくふいと顔をそらされてしまう。

それから何度かそういう視線を感じて、気づいた。彼は私の身体を見ているのだ。特に耳や首のあたりを見られている気がするのだが——。

(ああ、そうか。私と同じね。……自分と違う部分が、気になってしまう)

己にあるものがなく、ないものがある。お互いが初めて見る〝異種族〟なのかもしれない。しかしお互いに視線を送り合うだけというのも落ち着かない。だから、声をかけてみることにした。一応私たちは乗り合いになった赤の他人ではなく、夫婦なのだから——会話くらい、してもいいはずだ。

「気になりますか？」

私から話しかけられると思わなかったのかアルノシュトは驚いたように少しだけ目を大きくした。ピンと立った耳の先が小さく動いているのは動揺なのだろうか。

「……ああ。花嫁殿は随分小さいと思ってな」

小さいというのはつまり、身長のことだろうか。何故そんなことを言うのかと考えて、出会った瞬間に〝獣人は皆背が高いのだろうか〟と己が疑問に思ったことを思い出した。

私が彼らをよく知らないように、アルノシュトもまた私達を知らないのだ。戦争が終わって二十年以上が経っても、私たちが今まで交わって来なかった証《あかし》ともいえる。

それを変えていくための結婚。互いを知り、分かり合う先駆けとなるのが私たちの役目だ。

「私は背が高い方なのですけれど……」

「そうなのか。……では、あちらの女性は皆、華奢《きゃしゃ》すぎるわけか」

「アルノシュト様はとても背が高いですね」

「俺は平均だがな。……貴女達からすれば大きいんだろう」

私たちの国は戦争を終えてからもほとんど交流がない。互いの国を行き来しないから、実際に戦争に参加した人間以外で互いの姿を目にした者も少ないのだ。王同士も対面したのは一度きりでずっと文書のやり取りをしているのだという。「二国手を取り合って仲良く」なんていうのは表面上の話で、お互いを信用しきれないから行き来できないのではなかろうか。

私もアルノシュトも国同士の決めた政略結婚をしたわけだが、互いの国の王へ謁見《えっけん》する話も出ていない。私はマグノ王から「二国のために尽くしてくれ」との言葉を賜ったし、家には多額の支援金も出ているけれど、ヴァダッドの王には会うどころか、中枢の者に会う予定すらないのだ。……つまりまだ、互いの国を信用しきれていない。二国の交流の場はまだ、私とアルノシュトのいるこの場にしかないのである。

上がそんな状態なのだから国民はそれ以上に不信感を持っていて当然だろう。互いを知ろうともせず、ただ睨み合ってきた。だから本当にまだ私たちはお互いのことを知らない。私が知って——それを、祖国に伝えていけば。いつか、両国は本当の交流ができるようになるのだろうか。

「……屋敷に戻ったら今後について話したい」

「はい。それは願ってもないことです」

それ以降、屋敷に到着するまでの数十分は無言で過ごした。アルノシュトは何か考え込んでいるようだったので話しかけるのは躊躇《ためら》われたし、帰ったら話がしたいと言われたのだからそれを待てばいいと思ったのである。……いや、本当はこのぎこちない関係と緊張した空気の中、話しかける勇気が持てなかっただけかもしれない。自分は活発な方だと思っていたけれど、やはり萎縮《いしゅく》してしまっている部分があるのだろう。

「到着だ。……こちらへ」

「ありがとうございます」

馬車が止まると扉を開けて私の手を取り、降りる手助けをしてくれるのだから彼はきっと怖い人ではない。

バルトシークの屋敷は横に広がるように大きい。マグノ国の建築物は縦に伸びる傾向にあり、二階が存在しない広い家というのはとても新鮮に感じられた。屋敷自体も広大だが、庭もまた開放的で広々としている。庭というより広場と呼ぶべきかもしれない。マグノのように動物など何かしらのモチーフでトピアリーを作ったり、生垣の迷路を作ってみたりと趣向を凝らした庭とは違うが、初夏の美しい緑に輝き、見たこともない鮮やかで大振りな花が咲き乱れるヴァダッドの庭もまた別の美しさがあった。

「貴女の部屋に案内する。……荷物はすでに運んである」

そう言ったアルノシュトの案内で屋敷の中を進む。見慣れない模様の絨毯《じゆうたん》や装飾にも興味が尽きず、私の不安はだんだんと好奇心に塗り替えられていた。

「ここが貴女の部屋だ。生活に必要な物は揃えたと思うが、足りないものがあれば言ってほしい」

嫁いだ以上、私はできるだけヴァダッドに合わせて暮らすつもりでいる。だから使い慣れた家具などは持ち込まず、細々とした日用品と数着の服のみをこちらに送り、生活に必要な物はすべてヴァダッドのもので揃えてもらえるようにお願いしていた。

その部屋は見慣れない様式ではあったもののしっかり整えられている。特に薄い天幕の張られたベッドはとても柔《やわ》らかそうで一目で気に入った。マグノのように便利な魔法製の家具はないが、素敵な部屋だ。慣れるのに時間がかかるだろうけれど、丁寧《ていねい》に作られたであろう部屋に安心もした。

（よかった。……花嫁として、ちゃんと迎えてくれた）

部屋の中心には二人掛けのテーブルセットが設置されている。そこに座って話をしたいと言われたので頷き、テーブル越しに彼と向かい合った。体の大きな獣人に合わせたサイズなのだろう。私には椅子《いす》も机も大きく感じたが、アルノシュトにとっては丁度良いように見えた。

家具だけではない。文化も、風習も、何もかも違うはずだ。そんな二国を結び付けるために行われた政略結婚。国同士が決めたことで、私と彼の意思はそこにない。無理やり結ばれた縁ではあるが結ばれたからには夫婦として仲良くできたらいいと、そう思う。

まずは何から話し合おうかと考えていると、彼が先に口を開いた。

「俺は貴女を愛せない」

異国の装飾が施された馴染みのない部屋の中。結婚したばかりの夫の発言に、私は固まった。……嫌われているわけではなさそうだったけれど、仲良くなることもできないのかも、しれない。

（愛せない、か……まあ、仕方ないけれど）

夫婦としての愛を望んでいるわけではなかった。これは政略結婚で、私たちは見た目も文化も違う異種族だ。ただそれを面と向かって言われるとなかなか辛いものがある。親しくなるつもりはないと壁を作られたような気さえした。

「寝室ももちろん別だ。俺の部屋は隣にあるから何かあれば呼べばいい。この屋敷にいる限り貴女の安全は保障する」

「安全、ですか？」

「この結婚を壊したがっている者もいるからな。花嫁殿はできるだけ屋敷を出ないでくれ」

「……ええ、承知しました」

どうやらこの部屋は屋敷の中心部にあるらしい。屋敷に入ってから結構な距離を歩いたので迷いそうだとは思っていたが、警備の観点からこの場所を私の部屋に選んだようだ。自分の身が危険である可能性に不安がこみあげてきて、自然と首元の冷たい装飾に手が伸びた。

「それはなんだ？　見た時から気になっていたが、何か嫌な感じがする」

私の首にあるこれは一見すればただの装飾品だが魔力封じの魔道具であり、人によっては呪具と呼ぶような代物だ。そういえば馬車の中でも彼はこれを気にしていた。効果を知らなくても何か力を感じ取れていることに驚く。

「獣人の方は勘が鋭いのでしょうか？　これは魔道具です」

アルノシュトの耳がピンと立ち、縦長の瞳孔が絞られるように細くなった。その場に漂う緊張感に少し呼吸が苦しくなる。私の一挙一動、指先の動きまで見逃さぬと言わんばかりの鋭い視線だ。

これは警戒、いや敵意だろうか。アルノシュトは決して、魔法使いが好きなわけではないのだろう。

「……なんの道具だ」

「私の魔力を封じるものです。私はこれを着けている間、魔法を一切使えません」

それを聞いた途端、アルノシュトの耳の先は下を向き、固く結ばれていた口がほんの少し開いて犬歯が覗いた。たしか、彼は花嫁の条件に〝強い女性〟を挙げたのだと聞いている。マグノで一、二を争う魔力量を持つ私が最大の候補になったのはそれが理由だ。

私が魔法を使えば一人であっても脅威《きょうい》となる。だからこそ、信用を得るための首枷が必要とされた。

「国王からのお達しだったのですけれど……ご存じありませんでしたか？」

「何も聞いてない。……それは、苦しくはないのか」

「身体的な苦痛はありません。まあ、両手が不自由になったような不便さはあるのですけれど」

私たちは魔法と共に生活をしている。お湯を沸かすのも、明かりをつけるのも、重たい荷物を移動させるのも、何もかもが魔法によるものだ。それを奪われるのは両手に枷をつけて生活しているようなものである。自分のできることが半分以上奪われた状態なのだから、手枷よりたちが悪いかもしれない。

「ヴァダッドに魔道具はなく、魔力も魔法も必要ないから封じても生活には困らないだろう、とのことでした」

「たしかにここで魔法を使うことはないかもしれないが……そこまでする必要は」

「しかし私は一人で一つの街を覆《おお》う結界を張れる魔力を持っています。攻撃魔法を使えば街一つを焼けるでしょう。私は、マグノの未婚女性で一番強い魔法使いですから」

私はアルノシュトが望んだ通りの強い人間だ。しかし強い力を持っているからこそ、それを封じるべきだと判断されたのだろう。目の前の彼は私の言葉に息を呑んで、硬い表情のまま一度瞼《まぶた》を閉ざした。……彼はこんなことになるとは思っていなかったのかもしれない。

「……この鍵を貴方に」

懐から銀の鍵を取り出してアルノシュトへと差し出した。私の首枷は真後ろに鍵穴があり、そこにこの鍵を差し込めば外れる仕様だと聞いている。そしてこれは本来罪人にはめる枷なので、使用者本人――つまり私には外すことができない。

「この鍵で外すことができます。私が決してヴァダッドに敵対するものではないと判断できたら、外してください。……これがマグノの誠意です」

「……不愉快だな。しかし、了解した。それとこのことは他言無用だ。話す相手は俺が選ぶ」

「はい」

アルノシュトは鼻に皺を寄せ、言葉通り不快感を露《あらわ》にしながら鍵を受け取った。すっかり耳も尻尾も垂れ下がってしまっているけれど、これは彼の感情も沈んでいることを示しているのだろうか。それともただ不機嫌なだけだろうか。

自分にはないものであり、そして彼らについても詳しくない私には正確に理解することができない。共に過ごす時間が長くなれば分かることもあるだろうが、私たちがこの先親しくなる未来など想像もできなかった。

「魔法を使える者を連れて行くわけにはいかないということで侍女も連れてはこなかったのですけれど……そういえば、こちらの屋敷では使用人も見かけませんでしたね」

魔力を封じなければヴァダッドに対し誠意を見せられないし、しかし魔力がなければ侍女にできる仕事などほとんどないも同然だ。そういう理由で私はただ一人、こうして嫁いできた。こちらで侍女のような仕事をしている獣人を雇わせてもらえばいいと思っていたのだが、この屋敷に来てからというもの他の誰も見かけていない。

「そういう存在がいるとは聞いていたが……本当にマグノでは身の回りの世話を必要とするんだな。俺たちにはそういう習慣がない」

文化の違いに驚きつつ互いの生活について話し合う。私は今まで傍に使用人が控えていて、誰かに何かをしてもらうことが多かった。しかしこちらの国にはそういった習慣がなく、幼い子供か傷病者以外に身の回りの世話を必要とする者がいない。この家のように広い屋敷の場合は清掃員や庭師、料理人といった役職を雇うことはあっても使用人や侍従のようなものは存在しないという。

そのような生活をしたことのない私には慣れるまでの間、サポートが必要だ。アルノシュトも生活の違いに戸惑うだろうことは予測していたので、あらかじめ知り合いの女性に頼んであるという。そしてその女性は明日からやってきてくれるらしい。……ここで問題が一つ浮上した。

「マグノの貴族の服は、誰かの手を借りるのが前提の作りなので……その……」

「……………もしかしてその服は、一人で着替えられないのか」

「……はい……」

ヴァダッドの服はゆったりとした作りで、前合わせの布を腰帯で締めて着るような形をしている。対してマグノの衣服は布がぴったりと体に沿い、紐《ひも》で引き締め、ボタンでかっちりと固めるもの。身分の高い人間であればそのボタンが背面にあり、着替えに手伝いを必要とするのである。……魔法が使えれば外せなくもないが、今の私にはその手段も取れない。

そしてこれは婚礼の衣装だ。かなり重たい上に締め付けも強く、さすがにこの恰好で翌日まで過ごすのは身体的に辛いためできれば早めに着替えたいところなのだが。

「どなたか女性がいらっしゃればお手伝いをお願いしたのですけれど……」

「……今日は警備と料理人しかいない。全員男だ」

さて、大変困った。この場合着替えの手伝いをお願いできるのはただ一人になってしまう。お互いに辿り着いた答えは同じなのだろう。無表情のアルノシュトとしっかりと目が合って、私はすっかり困りはてながら唯一頼める相手にお願いすることにした。

「……お願いできますか？　緩めていただくだけで結構ですから……」

「……さすがに妻の着替えを他の男には頼めないからな。分かった」

「それから……こちらの服の着付けも教えていただけますか」

「……それも必要だな」

ひとまずこちらの服の着付けを教わった。複雑ではないので帯の結び方を理解できれば充分だった。ただ、服の着丈は問題ないのだが幅の方に随分とゆとりがあり、婚礼装束の上から羽織っても尚、布が余る。

「背丈に合わせて用意したんだがやはり大きいな。既製品で貴女に合うものはないだろう。すぐに新しい仕立てを注文するが……暫くはそちらの国の服で過ごした方がいいんじゃないか」

「そうですね。数着なら持ち込んでいますから……もっと必要であれば、手紙を出せば実家に用意してもらえるかと」

侍女を連れてこられないことは分かっていたから、念のためにと前ボタン式の平民の服も二着ほど用意していてよかった。私が持ち込んだのは服と使い慣れた裁縫道具くらいのものだけれど、さっそく役に立ちそうだ。

「ここから国境までなら三十分とかからない。手紙を出したい時はいつでも言え」

そんなに近いのかと驚いた。結婚式を挙げた教会よりもこの屋敷の方がまだマグノ領土に近いらしい。こちらの国に辺境伯という役職はなさそうだが、彼の家がそれに近い役割を果たしているのだろうという予想はできた。

国と国が接する土地を任されるのは国王の信頼の証《あかし》である。私たちを結んだのは両国王にとっては大きな決断であり、本当に二国の関係を良くしたいと願ってのことなのだろう。

（責任重大ね。……せめて友人くらいの関係になれないかしら）

まずは歩み寄る努力をしよう。愛せないとは言われたが、嫌いだ関わるなと言われたわけではないのだから。しかし、まずは。

「あの……着替えの手伝いをお願いいたします」

「…………ああ」

とても低い声で短い返事をするアルノシュトに背を向けた。ボタンに手をかける感触が伝わってきて恥ずかしい――と思ったのは数秒だった。外すのに大変苦労しているようで、一分ほどかかってもまだ一つ目のボタンが取れない。

「難しいですか？」

「いや……そうだな。俺たちは細かい作業が得意じゃない。こんなに小さなボタンは……服を破かないようにするのがだな……」

そういえば彼の手を見た時、指や爪が鋭く尖っていたのを思い出した。あの手の形が獣人たちに共通しているものなら確かに細かい作業は難しいだろう。

あの大きな手でこの衣装を傷付けないようにと苦労しながら外そうとしてくれているらしい。それがなんだか可愛く思えて、笑ってはいけないと分かっていても堪えきれずに肩が震えた。

（愛せないとは言われたけれど……私は好きになれそう）

アルノシュトはきっと悪い人ではない。むしろ優しい人ではないだろうか。夫婦としての情はなくてもこの人と親しくなりたい、友人になりたいと自然な気持ちが湧き上がってくる。

「よし、取れた」

「ありがとうございます。あと九つほどお願いしますね」

「…………ああ……」

それからたっぷり十分程かけてボタンを外してもらった。これだけ緩めてもらえれば服を脱ぐこともできるだろう。ヴァダッドの服自体は難しい構造ではないので着替えもできるはずだ。

「ありがとうございました、アルノシュト様。これで着替えられそうです」

「ああ。……扉の前にいるので何かあったら呼べ」

アルノシュトが退室したところでさっそく着替えを始めた。クローゼットの中にはヴァダッドの服と私が送っておいた服が収められている。せっかくなので一度くらいはちゃんと着てみたいとヴァダッドの服を手に取った。

こちらの国では女性の服もスカートではないようだ。幅にゆとりのあるズボンが足首の辺りできゅっと締まる形をしている。これが一般的な下衣であるらしく、クローゼットの中にあるのはこの形だけだった。その上に帯紐で締める上衣を着て――鏡を見ると、かなり服に着られている自分が映っていて笑ってしまう。丈はともかく、幅が合っていないのでかなりだぼついているのだ。

しかし袖口に施された刺繍などはとても美しいため、服自体は気に入った。自分が綺麗に着ることができないのが残念でならない。

（こちらの女性は体格がもっとしっかりしているのね、きっと。これでは大人の服を着た子供のよう）

あとで裁縫道具を使ってあちこち補正してみよう。そう思って部屋を出て、アルノシュトに声をかけた。彼は着替えを終えて出てきた私を見て、尻尾と耳を垂れ下がらせる。

「………これは酷いな」

それは正直な感想だろう。私も鏡の前で苦笑したのでその評価は妥当だと思う。このままでは大変みっともなく、とても人前に出られるような恰好ではない。しかしヴァダッドの服ならどれでも同じ結果になるので致し方ない。

「ふふ、分かっています。自分でも笑ってしまったくらいですから。……でもとても素敵な服で、私は好きです」

サイズが合わないだけで服の質は高く、デザインも嫌いではない。どうにか上手く着こなす方法を見つけたいところだ。

私の反応が意外だったのかアルノシュトは瞬きながら無言で私を見ていた。暫くして、ふっと表情を和らげる。今日初めて、彼が穏やかな顔をしたのを見た。……少しは警戒心が解れた、ということだろうか。

「アルノシュト様はお着替えにならなくてもよろしいのですか？」

「食事の前には着替える。……それから、アルノーでいい。身内はそう呼ぶ」

「では、アルノー様とお呼びしますね」

身内の愛称を教えてくれたことでなんだか少しだけ近づいたような気がする。それは素直に嬉しいし、自然と顔には笑みが浮かんだ。そんな私をアルノシュトはじっと見つめている。

(きっと大丈夫。……時間はかかるかもしれないけれど、頑張ればいい関係を築けそう)

こうして私の結婚生活は始まった。苦労はするだろうが、ひとまず悪くはなさそうだ。

●

長らくいがみ合っていたマグノ国との現状を鑑みて、その関係を改善するべく隣国から花嫁を迎えることとなった。花嫁はマグノの貴族家であり、ヴァダッドで格の釣り合う家となれば武族五家か賢族三家の八つの家しかない。

どの家が花嫁を迎えるかと押し付け合いの口論になって、最終的に代々国境警備隊を取りまとめてきたバルトシーク家が選ばれたのは当主のアルノシュトが〝穏健派〟かつ、結婚を約束した相手——番《つがい》がいなかったことが大きい。

大抵の獣人は強く惹かれる相手を思春期の頃には見つけ、番《つが》う約束を交わしている。成人と同時に結婚することがほとんどだ。アルノシュトのように成人しても番がいないのは珍しいことである。

（惹かれた相手と約束することは叶わなかったのだから、仕方ない）

アルノシュトはおそらく番を見つけられない。だから一生独り身でいるつもりだったのだ。それがまさか、マグノの花嫁を押し付けられることになるとは予想外であった。

「まあ、結局誰も愛せないなら政略《こうい》結婚相手の方が分かってくれるんじゃねぇの？　その辺の事情はさ」

最も親しい友人であるシンシャは猫族らしい大きな目を細めてそう言った。それは気休めの言葉であったのだろうけれど一理ある。獣人の女は子供を産むことを幸福と考えているのに、子供を作れない夫の元に嫁げば不幸にしかならない。

だがマグノ国が同じ価値観とは限らない。それにこの結婚は子供を儲けるためのものではなく、二国を強制的に結び付けて国交のきっかけを作るためのものだ。一緒にいて、互いの国の間を取り持つ役をこなせればいい。番というより外交職につくようなものだと思えば納得できた。

「……ならせめて、強い女がいい。腕が立てば身の危険を減らせるだろうしな」

「それくらいの要求なら叶えてくれるでしょ。なにせ、英雄なんだから」

アルノシュトが生まれたのは丁度平和条約が結ばれ、マグノ国との戦争がなくなった年だ。しかしヴァダッド北部には魔獣の生息地が広がっているため、武力で国を守る軍人はまだ必要である。

魔獣は獰猛で狂暴、獣人の膂力《りょりょく》をもってしても一筋縄ではいかない相手だ。知能は低くとも繁殖力の高い厄介な獣。戦争がない今の時代、軍人は魔獣を狩った数で武勇を示す。アルノシュトは多くの魔獣を狩り、強い力を示すことで名を馳せた。

今、ヴァダッドの武族の中で最も強いのはアルノシュトとされている。しかしどれほど優秀であったとしても誰とも番う気がないなら――つまりその力を子孫につなぐ気がないなら丁度いいだろうとこの役目を押し付けられたのだ。……花嫁を愛する必要はないのだから、と。

(上の世代はマグノに対する嫌悪感も強い。……俺が適任、ではあるな)

ヴァダッドを支える八家の当主ではアルノシュトが最も若く、他の当主は一つ上の世代となる。彼らからすれば息子に元敵国の女を娶らせたくないしそんな女を家に入れたくない、なんならバルトシーク家が没落すれば丁度良いくらいに思っているのだろう。……どちらにせよ子供を作る気がないのでバルトシークはアルノシュトの代で終わるだろうし、構わないのだが。

両親はすでに他界した。兄弟もいない。これから途絶えるだけの家に来る、花嫁の方が憐《あわ》れというものだ。

(さてどんな奴がくるか……話の通じる相手だといいが)

魔法使いは獣人を、獣人は魔法使いを嫌っている。幼い頃から大人に植え付けられた意識は成長しても抜けることはないのだ。そうして差別は連鎖していく。アルノシュトは両親が「己の目で見たものを信じろ」と教育してくれたおかげで魔法使いに強い嫌悪感を抱かずに済んでいるが、それでも周りが悪しざまに罵《のの》るのを聞き続けてきたのだから好きにはなれない。それはあちら側でも同じはずで、花嫁とされた相手はどう思っているだろうか。

(……俺からすれば初めて見る異種族だ。風聞通りなのか、それとも……)

相手の顔すら見ないまま結婚の準備は進んでいく。屋敷の中に妻となる人間が住む部屋を作り、家具を揃え、背丈に合わせて服を用意した。身長は一七〇センチメートルもないというから小柄であるらしい。しかしマグノ国の未婚の女性で一、二を争う強者だと聞いたので多少は安心した。これが結婚相手だと渡された姿絵でも随分と武骨で、背丈の割に横幅はしっかりある女性だった。これなら申し分ない強靭な体であるだろう。

肉体の強さは精神の強さにもつながる。見知らぬ土地、慣れぬ環境、同族のいない場所。そんな場所でも気丈にやっていけるような人間に違いない。そう考えたアルノシュトは姿絵を丸め、それ以降目にすることはなかった。

万全の準備を整え、いよいよやってきた婚姻の日。アルノシュトはバルトシーク領の端にひっそりと建つ小教会で花嫁を迎えた。ここは訳ありの夫婦が婚姻を結ぶ場所で人気がない。何かあっても住民を巻き込むことはないだろう。見えない位置に部下を配置し、万が一にも備えてある。

マグノの兵士と思しき人間に囲まれた馬車の扉が開かれた。アルノシュトは扉の前に進み出て手を差し出す。そこに乗せられた手が、子供のように小さかったことに驚いて――馬車の内部から現れた女性が、想像以上に小柄であったことにもっと驚いた。

(小さくないか……?)

白い衣装は体に沿うように作られたものでその細さが際立っていた。おそらく骨格からして獣人とは違う。簡単に手折れそうで、心配になるほどだ。スミレの花を思わせる艶やかな髪と、ヴァダッドで最も好まれる色である黄金《こがね》の瞳を持った小さな女性。

とにかく姿絵とは別人だ。しかし、約束の時間に約束の場所に現れたのだから花嫁はこの女性で間違いない。一応、同一人物であるか確認するためにもまず自ら名乗ってみる。

「……はじめまして、花嫁殿。俺がアルノシュト・フォン・バルトシークだ」

「はじめまして、花婿さま。私はフェリシア＝ミリヴァムと申します」

花嫁となる女性の名で間違いない。あの姿絵はおそらく、何者かにすり替えられていた。しかし彼女は聞いていた背丈以上に小さく感じる。

マグノからやってきた兵士たちが何事もなく引き上げたのを確認し、一人残された女性を見下ろした。その華奢な体つきは鍛えられているようには到底見えない。……姿絵との違いはともかく、これが本当にマグノ国の誇る強者なのだろうか。

(魔法使いという種族は見た目に反して強い力を持っている、ということか……？)

そのフェリシアという女性は大人しかった。ただ、彼女の首にある銀の飾りからは毛が逆立ちそうになる嫌な感覚が伝わってくる。彼女がいくら非力そうに見えてもまだ警戒は解かない方がいいだろう。

誰もがマグノとヴァダッドの友好を望んでいるわけではない。王同士がそれを望んだとしても、互いを嫌い合ってきた種族同士だ。この政略結婚を崩して、また戦争を起こしたいとたくらんでいる者だっているだろう。……それが目の前の相手でない、とも限らない。

(……害意はなさそうだが)

式を略式にすると言った時も特に嫌がるそぶりもなく了承したし、アルノシュトの言葉にはおおよそ肯定が返ってくる。そんな彼女が何を考えているか分からない。獣人ならその気持ちは耳や尾に表れるので、それがない人間の気持ちをどう察すればいいのか分からなかった。

屋敷に案内したあとはまず、この結婚において重大なことを伝えておく。それはつまり、アルノシュトが――子供を儲ける気がない、ということだ。

「俺は貴女を愛せない」

狼族の特性で、好いた相手がいなければ欲を覚えることもない。そして、その相手は生涯一人だけだ。一度目の恋が叶わなければもう他の誰かを愛することはできなくなってしまう。その特性のせいで狼族は少しずつ数を減らしており、現在はもう数える程しかいない。将来的には絶滅するのだろう。

そしてアルノシュトはおそらくもう二度と会えない相手に恋をしてしまったのだ。今後、他の誰かを愛することは一生ないだろう。だからフェシリアには子を授かるような行為はできないことを伝えたのである。彼女がそれを承知してくれたのは、とてもありがたかった。

「いやぁ……それはダメじゃないか?」

その夜、警備交代の時間となったシンシャにフェリシアのことを話して放たれた第一声がそれだった。

アルノシュトは花婿として花嫁を迎える役目があったため彼へ警備の総括を頼んでいた。夜になりシンシャが日中の警備の報告にやってきて、それが終わった途端「で、花嫁さんはどんなだったんだ?」と好奇心満々に尋ねられたから答えてやったというのに何故かダメ出しされている。

「何がダメなんだ、シン」

「言い方がな……その花嫁さんは、魔力を封じられてきてるんだろ？」

フェリシアは魔力を封じる首枷をはめられている。その話には驚いたし、マグノ国に対して憤りを感じた。彼女はたしかに隣国では強いらしい。しかしそれは魔法が使えることを前提とした強さであり、現在はその強さを奪われている。……自分を信用するまで預かるようにと渡された小さな鍵は酷く重く感じた。

そして、種族的な差異か魔法の使えないフェリシアは獣人の子供以上に非力である。浴槽に湯を運ぶことすらできないのには心底驚かされた。あちらの国ではどうやって身を清めるのかと訊《き》けば、それは魔法を使って簡単にできるのだという。

『まず頭上に湯で出来た水球を作り、そこから雨のように降らせて洗い流します。ヴァダッドのように大きな器にお湯をためて浸かることはないので……楽しみです』

魔法使いは耳や尾がない代わりに表情をよく動かすようだ。大きさの合わない服で不恰好になった時もそうだったが、風呂の支度一つでも楽しそうに笑って見せる。獣人の中ではっきりとした笑顔を見せる者は少ないので珍しい表情をつい見つめてしまった。あれを見るのは悪い気がしない。

しかし魔法が使えない彼女では生活にも苦労するだろうことは想像に難くない。だからアルノシュトは彼女の援助を惜しむつもりはなかった。

「一人ではほとんど何もできないだろうからな、サポートはする」

「そういう問題じゃなくてさ……気持ちだよ、気持ち。心の方の話。花嫁さんは一人敵国に送り込まれて、しかも手足の自由を奪われたような状態で生活しろと言われてるわけだ」

マグノ国とヴァダッドは友好を結んだからもう敵国ではない——という単純な話にならないのはこの結婚自体が証明している。この国にもマグノの人間を入れたくない獣人は多くいるだろうし、この結婚を利用してもう一度戦争を起こしたい輩もいるだろう。そこで狙われるのは間違いなく花嫁だ。

ただ、すぐに事を起こそうとはしないはずだ。何せ相手は魔法を使うのだから。……魔法使いは一人で百人の軍人を殺すこともあるという。彼女が魔法を使えないと知られない限り手を出してはこないと見ている。

さすがに警備に関係することなのでシンシャには話したが、必要以上にこの事実を広めるつもりはなかった。直接彼女を守ることになる者だけ知っていればいい。

「彼女の話が事実なら、彼女の魔法は危険だ。……本当に信用できるまでは外せない」

「まあ、そりゃそうだ。それは花嫁さんも分かってる。……問題はお前の言い方なんだって」

「特に威圧的な話し方はしていないが？」

「いやだから……お前の事情を知らない花嫁さんにいきなり〝愛せない〟の一言だけはきついだろ。それ、ちゃんと意味伝わってるのか？」

シンシャに言われて自分の言動を振り返った。……たしかに説明不足、言葉不足であったような気がする。しかしこれはアルノシュト自身がまだ心の整理をつけられていない話でもある。正体の分からぬ文通相手を好きになってしまい、その相手はおそらくもうこの世にいない。それでもこの体はもうその相手以外を恋しいと思えなくなってしまった。

それは友人であるシンシャだから話せたことで他の誰にも話していない。そんなことを、今日初めて顔を合わせたばかりのフェリシアに説明できるはずもない。

「魔法の鍵を外さないから信用されてない、愛情を向けられることもないって思っちまうと心細いんじゃないの」

「……いつかは説明できるかもしれないが、今は無理だ。それまでは態度で示す」

「態度、ね。……お前愛想悪いからなぁ」

「お前のように意地が悪いよりマシだ。それより、妹の方は本当に来てくれるのか？」

たった一人で訪れる花嫁が生活の違いに戸惑うことは予想できていた。今日だけでも随分と文化の違いを見せつけられた気分だ。呼び名を教えていないのに名を呼んだり、愛称を教えてもその愛称に敬称を重ねたりと――おそらく呼び名の文化がないのだと思っているが、実は獣人が嫌いでそのような態度をとっているとも限らない。判断しかねて流してしまった。

（俺だけではすべてを教えてやれないかもしれないからな。同じ女でなければ分からないこともあるだろう）

元から同性のサポート役が必要だと考えていたものの、人選にはかなり悩んだ。マグノに対し強い悪感情がないこと、いざという時に戦える力があること、そしてある程度の信用が置けること。それらの条件をすべてクリアしたのがシンシャの妹だけだった。

（想像以上に彼女がここで暮らすのは苦労が多い。……来てもらわねば困る）

猫族というのは多かれ少なかれ気まぐれな気質を持っているものだ。昨日やりたがったことでも今日にはやる気をなくしているなんてことも珍しくない。シンシャの妹はその〝気まぐれ〟が強く出ていたと記憶している。

「大丈夫だろ。アレは好奇心も強いから、初めて見る魔族に興味津々だったし」

「……力加減を間違えて怪我をさせないようにしっかり言っておいてくれ。彼女は本当に脆《もろ》そうなんだ」

「へぇ……俺も興味あるなー。年寄り共はみーんな魔族を化け物みたいに言うじゃんか。そんなに弱そうなのか」

魔族、というのは魔法使いたちの蔑称である。アルノシュトはその言葉を使わぬよう気を付けているが、他の者からすれば蔑称という認識すらないほど当たり前の呼び名だ。

隣の国には魔法という恐ろしい力を使う魔族が住んでいる。彼らは醜く恐ろしい化け物だ。魔法使いを見たことのない大人ですらそうやって子供に教えている。しかし、決してそんなことはなかった。少なくとも――アルノシュトが初めて見た魔法使いはあまりにも非力で、そしてとてもいい表情を見せるものだ。

(魔法使いたちが皆ああいう顔をできるなら……獣人は結構、魔法使いを好きになれそうだがな)

笑顔というのは獣人にとって特別だ。微笑程度ならともかくはっきりと笑顔を作れる者が少ないこともあり、元から笑っている顔に見える猫族などは美男美女とされやすい。彼らの口元は三日月を二つ並べたような形をしており、無表情でも笑顔に見えるため、好まれる顔立ちなのだ。……獣人は大抵、笑顔が好きなのである。

（明日はもう少し話をしてみるか。……できるだけ早くあの枷を外してやりたい）

アルノシュトはすでに彼女を信用したいと思っている。フェリシアがヴァダッドに害をなす存在ではないと信じてあの枷を外してやりたい。そもそも戦場で鍛えられた勘が彼女には悪意も害意も敵意もないと告げている。しかしそれでもその人柄を知るまで鍵は外せない。……あの場ですぐに枷を外せば、あの枷をはめてこの国へとやってきたフェリシアの覚悟に対しても失礼だ。アルノシュトが彼女を心底信用できた時に外すべきである。

ただ、アルノシュトは今のところフェリシアが嫌いではない。魔法使いについて少し興味も湧《わ》いた。明日からの生活は大きく変わるだろうが——まあ、苦痛ではないだろう。

二章　獣の国の暮らし

結婚式の翌日。余程疲れがたまっていたのか、ベッドの寝心地がよかったからか、それとも服の補正を遅くまでやっていたせいか、私は普段より二時間ほど遅い時間に目を覚ました。

そこから朝の支度を一人でやる、という慣れない作業にも時間を費やした。前ボタンのマグノの服の上に、補正し幅を詰めたヴァダッドの服を重ねて着る。こうして着ればだぼつきも左程なくそれなりの見栄えになった。

（二国を結ぶ役だもの。それを体現するような服装で、いいと思うわ。……私はヴァダッドに、恋愛や結婚生活をするために来たのではない）

新婚初夜であっても同室で眠らないのは、私とアルノシュトが夫婦であって夫婦でない証。私たちは不仲の続く互いの国の理解度を高めるべく、一緒に暮らしてお互いの文化の違いを知り、分かり合い、その過程を国へ報告する。そういう〝仕事仲間〟なのだ。

これが私の仕事だと思えばやる気も出る。侍女がいない状況では複雑な髪形にはできないので、自分で簡単に結ってからふと気づいた。そういえば屋敷から出ないようにと言われていたのだと。……部屋からは出ていいのだろうか。

（何をして過ごせばいいのだろう。……刺繍ならできるけれど）

こちらの国では服に刺繍が施されているのが一般的らしい。私に用意されていたものも、アルノシュトが着ている服にも刺繍があった。婚礼衣装などはかなり豪華であったし、好まれるものなのではないだろうか。

(ん？　けれど獣人は手先が不器用なのではなかったかしら？)

もしかしてアルノシュトが不器用なだけなのだろうか。あとで尋ねてみようと思う。

マグノ国では刺繍は女性の嗜みである。己の魔力を込めた糸で様々な意味を持つ刺繍をして、大事な人に渡すのが文化だからだ。私も刺繍は得意な方で、政略結婚とはいえ夫になった相手には刺繍入りのものを渡したいと考えている。

アルノシュトにどんな模様を贈るべきかと思考を巡らせていたら部屋の扉を叩く音がした。

「起きているか？」

「はい。もちろんです」

扉を開けるとアルノシュトが立っていた。彼はあまり表情が動かないようで、真顔で感情が読み取りにくい。ただ機嫌が悪そうにも見えないのでそこにはほっとした。

不快感を露にした時は表情がはっきりと出る。獣人はマイナス感情の方が顔に出やすいのではないかと思う。

「その恰好は……」

「はい。これならみっともなくはないかと思いまして……いかがですか？」

下にマグノの服を着ているので、ヴァダッドの服は上着のように扱っているのだ。着方としては邪道かもしれないし、アルノシュトの意見を聞いてみたかった。私としては割といい組み合わせだと思

っているのだが。

「悪くない、と思う」

「ふふ……よかった。私も悪くないと思ったのです」

ぴったりと体に沿うマグノの服とゆったりと体を包むヴァダッドの服。全く違うからこそ組み合わせられる。アルノシュトは暫く私の顔を眺めながら尻尾を揺らしていた。……もしかするとこれは、ちょっと機嫌がいいのだろうか。

「それにしても朝が早いんだな、花嫁殿は」

「むしろ寝坊したと思っていたのですけれど……」

「……魔法使いは朝型なのか。なら、空腹だろう。朝食が用意できているから食べながら話したい……と思う」

「ええ、喜んで」

お互い知らないことだらけの私達には会話が必要だ。断る理由などない。了承すればこちらまで食事を運んでくるので待っているようにと言われた。

昨晩も自室で食事を摂《と》ったので、やはり私を部屋から出したくないのだろう。だが虐げられているようにも感じない。それはおそらく、アルノシュトが自ら料理を運んできて、テーブルに料理を並べるところまでやってくれるおかげだ。

「先ほどの……朝型というのはどういう意味でしょうか？」

「獣人は種族で活動時間が違う」

食事をしながらお互いの国や人を知るために会話を重ねる。獣人にはいくつも種族があって、たとえば狼であるアルノシュトは朝よりも夜の方が活動しやすい夜型であるらしい。私は元々眠るのも起きるのも早かった方だが、ここでの生活に合わせようと考えた。

「私もアルノー様に合わせて生活してみます」

「……無理をして合わせる必要はないが」

「いえ、魔法使いは元々活動時間が決まっている種族ではないので……夜遅くまで起きていて、昼まで眠る者もいますから」

魔法研究者たちなどはむしろ夜の方が元気で、魔法の明かりを灯しながら夜明けまで研究をし、朝日が昇る頃に眠り始めると聞く。魔法使いは種族として活動時間が決まっている構造ではないのだろう。充分な睡眠がとれるならどの時間に活動してもいいというわけだ。

「……そうか。それから。今日は貴女のサポートをする女性が午後に来る予定なので、俺がいない間は彼女を頼ってくれ」

「ありがとうございます。……どのようなお方でしょうか？」

「あれは……猫族らしい気性だな」

その猫族らしい気性というのが分からないのだけれど。私が困って笑っているとそれに気づいたらしいアルノシュトが説明を加えてくれた。

猫族というのは縛られるのが嫌いで、自分の好きなように生きる気ままな性格をしていることが多い。気に入らないものには見向きもせず、しかし気に入ったものに対する執着は強い。好かれればあらゆることを手伝ってくれるだろうが、嫌われれば何もしてくれない可能性があるということだ。

「好かれようと余計なことはしない方がいい。花嫁殿は……素でいればいいだろう」

「そう、ですか」

そうして食事を終え自室で刺繍をしながら過ごしていると件の猫族の女性がやってきた。アルノシュトは彼女を部屋に招きいれると兵士の訓練があるということですぐに出かけてしまい、その女性と二人きりになる。

彼女は私よりも背が高く、ゆったりとしたヴァダッドの服を着ていても分かるほどに凹凸のはっきりとした身体をした女性だ。手足が長くしなやかで細く見えるが、私よりもずっと骨格がしっかりしていて筋肉質である。

「はじめまして花嫁さん、ミランナでーす。ミランナって呼んでね」

鮮やかな緑色の大きな猫目で、可愛らしい顔立ち。口元が弧を描くような形をしているのが印象的だ。そして彼女の髪は黄色の髪に黒い部分が混じって、どこか虎を思わせる。ゆらりゆらりとうねる尻尾も縞模様であった。

「はじめまして、フェリシアです。よろしくお願いしますね」

「……それは何？」

握手をしようと手を差し出すとその手を指差しながら首を傾げられた。こちらには握手の文化がないらしい。

マグノの国の挨拶《あいさつ》だと伝えると彼女は左手を出してくれた。そして「どうするのかな？」と尋ねられたが、右手と左手では握手ができない。正面に立つ私を鏡のように真似したのだろう。

「ふふ。この挨拶は右手同士でするんです」

「……こっち？」

「はい。改めてよろしくお願いします」

右手を出し直してくれたミランナの手をそっと握る。彼女は私の顔と手を交互に何度か見て、少し痛いくらいの強い力で握り返してくれた。

そして彼女は身を屈めて私に視線を合わせる。目が近くなるとその瞳孔が大きく開いたり細くなったりしているのが分かって驚いた。

「よろしくね、花嫁さん。……貴女の手って小さくて柔らかい。爪も短いし、赤ちゃんみたい」

当然だが獣人にも赤子はいる。しかし私が出会った獣人はアルノシュトとミランナの二人で、どちらも自分より大きい存在なのでちょっと驚いてしまった。……獣人の子供や赤子はどのような姿をしているのだろうか。

「あ！　これ、刺繍!?」

ミランナの興味は移りやすいらしい。私の手を放して机の上に置かれた製作途中の刺繍を見に行ってしまった。なんだか好奇心旺盛な子供のようで可愛い。

「ええ、刺繍です。趣味なので……」

「いいなぁ！　花嫁さん刺繍できるんだ！」

彼女は中途半端な図を見ても楽しそうにしている、ように見える。尻尾がゆらゆらと動いているのはどうも気分がいいのではないかと思うのだ。

「ミランナさんは刺繍がお好きですか？」

「刺繍はみんな好きだよ。でもほら、上手くできないじゃん」

獣人はほとんどがその手に長い爪があり、手先が器用ではない。しかし繊細な刺繍は好まれ、刺繍ができるほど器用な獣人なら嫁でも婿でも引く手あまた、刺繍職人として一生食うに困らないだけの待遇が得られる。そんな刺繍が得意な者は比較的に爪が短く手先が器用な猿族に多いという。

ミランナの話はあちらこちらに飛んでしまうこともあってそれだけのことを理解するのに少し時間がかかった。とにかく刺繍はヴァダッドで大いに喜ばれるものらしい。

「私の手もさー興奮すると爪が出ちゃうから。あ、ほら今もちょっと出てる」

「まあ、ほんと。……でもとても綺麗」

元から長い彼女の桃色の爪が、初めに見た時よりも伸びて弧を描いている。けれど艶々と光っていて宝石の珊瑚《さんご》のようだ。純粋に美しいと思う。

ミランナは私の言葉を聞いて数秒固まって、そのあとは弓なりに目を細めた。獲物を定める獣のようにも、笑っているようにも見える表情に戸惑う。

「花嫁さん、私のことはミーナって呼んでいいよ」

「ミーナ、さん？」

「違うよ、ミーナだよ。言葉も砕けてるんだからその敬称もいらないでしょ」

ミランナの人柄が明るく元気なところにつられて私もいつの間にか丁寧な言葉遣いを忘れていた。

改めて「ミーナ」と呼んでみると彼女はするりと私に抱き着いて、すりすりと頬ずりをしてくる。柔らかい猫毛の髪が顔に当たってくすぐったい。

「花嫁さん、仲良くしようねー。私、なんでも手伝ってあげちゃう」

そういいながらも呼び方は「花嫁さん」なのだなと不思議に思った。ミランナからはしっかり親しみを感じるけれどどこの呼び方だけは壁がある。

何か理由があるのか、尋ねてみなければ分からない。素直に「何故私を花嫁さんと呼ぶの？」と訊いてみた。

「え？　だって呼び名を教えてくれないから」

「呼び名を……？」

「そう、呼び名を。花嫁さんをなんて呼んだらいいか教えてもらってない」

私はここでヴァダッドとマグノの文化の違いに一つ気づいた。名乗りさえすれば相手がふさわしい呼び方をするものだと思っていたが、ヴァダッドでは相手に呼ばせる名前を自ら指定するらしい。そうしなければ名前で呼べず役職や二人称で呼ぶことになるのだろう。

「ええと……じゃあ、私のことはフェリシアと呼んでくれる？」

「うん。フェリシア」

「……ちなみに、愛称を教えてくれることに意味はあるの？」

「そんなことも知らないんだね！　それはもちろん、仲良くなりたい人に教えるんだよ」

つまりミランナは私と仲良くなりたいと思ってくれたということだ。それは私も嬉しいし、彼女と仲良くなりたいので愛称を教えたいと思った。だが、しかし。

「マグノの貴族には愛称で呼ぶ文化がなくて……自分の愛称がよく分からないわ」

マグノでも平民の間では仲のいい者同士を愛称で呼び合う習慣がある。しかし貴族にはそれがなく、敬称を省くことが親しさの証となるのだ。ヴァダッドの文化に合わせて自分の愛称を教えたいとは思うけれど、馴染みがなさ過ぎてその愛称の付け方が分からないのである。

「え！　そうなんだ……うぅん。普通は親がつけてくれるから……愛称がない子に会ったの初めてだよ」

私は獣人たちの文化風習を全くと言っていいほど分かっていない。そういえば、アルノシュトにも名前を呼ばれていないことを思い出し、そして彼がなんと呼べばいいか教えてくれる前から名前で呼んでいたことも思い出した。彼が帰ってきたら気分を害してしまったのではないかと謝罪してみよう。

「でも呼び名を教えてくれないから仲良くなりたくないのかと思ったよー。なんだ、フェリシアは何も知らないだけかぁ」

「ごめんなさい。本当に何も分からなくて」

「いいよー。私もそっちのこと知らなかったし。私にもいろいろ教えてね、そうしたらもっと仲良くなれるはず！」

いまだ私に抱き着いたままのミランナから不思議な音が聞こえてきた。ゴロゴロと低く響く、聞きなれない音。それが彼女の喉から漏れている音だと気づいて驚く。

魔法使いはこのように喉を鳴らすことはない。というか、このような音は出せない。やはり獣人の体の構造は私たちとは別物なのだろう。

(……アルノー様も鳴るのかしら、この音)

なんだか心地よくて眠気を誘われる音だ。それから暫くミランナにねだられて刺繍をして見せる。

彼女はただ喉を鳴らしながらずっと見ているだけだったが、満足そうであった。

彼女に手伝ってもらいながらお湯を張ってお風呂にも入り、寝る支度まで整えた頃になって帰ってきたアルノシュトは、私に抱き着いて離れないミランナを見て固まっていた。

「もう帰ってきちゃった。じゃあまた明日ね、フェリシア」

「ええ、また明日ねミーナ」

アルノシュトが帰宅したらミランナは交代で帰ることになっている。彼女が部屋から出ていくのを見送った後、アルノシュトが無表情ながらもどこか元気がなさそうに見えて首を傾げた。

自分でもなぜそう思ったのかと考えて、彼の尻尾と耳が垂れ下がっているからだと気づく。ミランナと数時間過ごしたせいか、なんとなく尻尾や耳の動きによる気分というものが分かってきたような気がした。

「おかえりなさい、アルノー様。……お疲れですか?」

「……いや。それより、花嫁殿はもう食事を摂ったのか?」

「いいえ。アルノー様がお帰りになってからご一緒しようかと思っていましたから」

「なら、すぐ食事にしよう。持ってくる」

彼の耳がすっと持ち上がったので、もしかすると空腹で力が出ないような状態だったのかもしれない。

暫く部屋で待っているとアルノシュトが食事を運んできてくれた。二人掛けのテーブルにヴァダッドの料理が並べられる。こちらの国では肉や魚が中心のメニューが多く、味付けもシンプルなものが多い。素材の味を生かすような調理がなされている、というべきだろうか。マグノでは複雑な手順を踏む料理が高級とされているので、こちらの料理は新鮮だった。

「随分と……仲が良くなったようだな」

「ええ、ミーナはとても気さくで親しみやすい方でしたから。それに、とても人懐っこい性格といいますか……」

アルノシュトが帰宅を知らせるために私の部屋を訪ねた時もミランナは抱き着いたまま離れず、別れを惜しんで頬ずりまでしていた。マグノにはここまでスキンシップが好きな大人などいないがこちらではそういう文化なのだろう。私も嫌ではなかったのでそれも普通なのだと受け入れることにしたのだ。

「人懐こい……そうか。まあ、予想以上だったが、いい関係を築けそうだな」

「ええ。彼女を紹介してくださってありがとうございます。とても助けられました」

午後から共に過ごしたミランナによれば私は獣人の幼子程に力がないので世話を焼く甲斐《かい》があるらしい。椅子一つですらかなり重いので位置をずらすのも彼女に手伝ってもらったし、風呂に入るために湯を運ぶのも手を借りた。初日はアルノシュトにやってもらったのだがこればかりは毎日誰かに助けてもらわないといけないようだ。

「それから呼び名のことを聞いたのですけれど……申し訳ありません。自国にない文化とはいえ、呼び名を聞く前からアルノー様の名を呼んでしまって、失礼だったのではないかと」

「ああ……いや、気にしていない。文化の違いかとは思っていたからな」

「よかった……ありがとうございます。それでは、私のことはフェリシアと呼んでくださいませ」

彼が私を「花嫁殿」と呼ぶのは私が呼び名を伝えないせいだ。彼はヴァダッドで生きてきた人なのだから、マグノとは文化が違うのではないかと思っていても名乗られていないのに名前を呼ぶのは抵抗があるのだろう。

「分かった、フェリシア。……もっと早く尋ねるべきだったな」

「いえ……そうですね。なんでも疑問に思うことがあれば、尋ねるべきなのでしょう。お互いに」

隣り合っている国のはずなのに様々な違いがある。折角同じ言葉を話せるのだから、私たちは会話で理解し合えるはずだ。種族は違っても同じ〝人間〟なのだ。絶対に分かり合えないということはない。

分かり合うためにはまず相手を知るところから。今日だけでもマグノに報告したい発見はたくさんあったし、私自身もっとヴァダッドやアルノシュトのことを知りたいと思う。

「俺はあまり話すのが得意じゃない」

「けれど私は貴方ともっとお話ししてみたいと思っています」

「……………それは……俺もそう、思っている」

その答えは意外だった。嫌われてはいないはずだと思っていたけれど、もしかするともっと好意的に見てくれているのかもしれない。

なんだか嬉しくなってきて自然と笑顔になってしまう。するとアルノシュトがじっと私の顔を見つめるので、首を傾げた。……彼は私が笑っている時、よくこうして観察するように見ている気がする。

「どうしました？」

「フェリシアのその表情が好ましいから、見てしまう」

全くの予想外の答えに面食らう。なんだか顔に熱が集まってきた。好きな人柄だと、仲良くなりたいと思っている相手に「好きだから見てしまう」と言われて何も思わないでいられるはずもない。

……もしくは素敵な異性だと感じているのかもしれない。

しかし、私は彼から「愛せない」と断言されているのだ。これはそういう好意ではないはずだから落ち着かなければ。

「魔法使いは皆そうやって笑うのか？」

「え？　……どういう意味でしょうか？」

「俺たち獣人はそういうはっきりとした笑顔になれない者が多い。魔法使いたちが皆そうやって笑う顔になれるなら、獣人にとっては好ましい表情だ」

その話には驚いた。獣人は笑顔になれない種族らしい。ミランナはずっと楽しそうに笑っていたような気がしたが、それは口元の形によるもので笑顔になれているわけではないようだ。

だから獣人はその尾や耳で喜びや楽しさを見て取るものなのだという。そう言われてアルノシュトの尻尾に目を向けた。椅子の広い座面の上でぱたん、ぱたんと時折動いている。

「アルノー様は……今、楽しいですか？」

「そうだな。……フェリシアが笑っているのを見ている時は悪くない気分だ」

それならよかった。私はこれからも思う通りに笑っていられるし、それはアルノシュトとの関係も良好にしてくれるだろう。

私はきっとアルノシュトと親しくなれるし、他の獣人たちともきっとそうだ。ならば、魔法使いと獣人もそうであるはず。

（自分の役目に、自信が持てそう。……頑張らなくちゃ）

その意気込みをその夜、早速報告書という形にした。私が知ったヴァダッドとマグノの文化の違い、獣人の性質――それらをまとめて書き記したものをアルノシュトに間違いがないか確認してもらう。

「俺は口頭での報告を求められているんだが……こうしてまとめられると分かりやすいな。それに……字が整っていて読みやすい。魔法使いは皆、綺麗な字を書けるのか？」

獣人は手の形が種族ごとに違うので器用さにバラつきはあるものの、おおよそ整った文字を書き難いという。

マグノでは貴族なら誰でも美しい文字を書けるように教育を受けているが、平民はそうでもないはずだ。昔、私は平民と手紙のやり取りをしたことがある。相手は兵士の訓練を受けていたから大人のはずだが、文字は子供のように稚拙だったのだ。……その頃の私は人のことを言えるような文字ではなかったが。おかげで辺境伯の娘だと相手に知られることはなかったけれど。

「貴族なら美しい文字を書けるよう教育されます。私もそのおかげで綺麗な字が書けるようになりましたけど、昔は酷い癖字だったのですよ」

「そうなのか。貴女の手は器用そうな形をしているのでなんでも最初からできるのかと……」

「ふふ。私はそのような天才ではありませんよ。すべて練習の成果ですね」

趣味である刺繡だって昔は下手な方だった。それでも楽しくて何度も何度も繰り返すうちに上達したのだ。

思い起こせば昔は簡単な花しか刺繡できなかった。学校へ入学することになって実家を離れた時、大事な人たちに鈴蘭《すずらん》を刺繡したハンカチを贈ったけれど、今と比べるとかなり拙《つたな》い出来だったと思う。

……魔力だけは昔から多かったのでそちらの質は申し分ないはずだが。

今なら大事な人に美しい刺繡で贈り物ができるというのに、魔力を封じているせいで魔力を込めて針を刺せないことが残念だ。魔力の有無はヴァダッドの獣人からすれば気になるものではないのかもしれないけれど、私が気にしてしまう。

アルノシュトへ送るハンカチの刺繡は作っている途中だが、首枷を外してもらえる日が来たら改めて魔力を込めた刺繡をしたいと思っている。

「……まだ先の話だが、この屋敷で宴を開く予定がある」

「宴というと……社交パーティーですか？」

「そちらの国の形式と同じか分からないが……マグノとの交流に好意的な者を集めて、貴女を紹介する場にしたい」

マグノでの社交パーティーは広い庭に立食形式で食事を用意して、主催側が魔法を使った様々な趣向を凝らすものだ。会場を魔力で覆って花畑を再現したり、幻想的な明かりを灯したり、美的センスと使える魔力量によって評価が大きく変わる。

ヴァダッドの宴というのは大きな焚火を起こし、それを囲いながら料理と酒と交流を楽しむものらしい。食事はそれぞれ参加する家が自慢の物を持参してくるので、主催側が用意する料理も一品でいいという。

「……大抵の家はその家の女主人が料理を作るのが慣例だな」

「なるほど。……練習が必要ですね」

料理は基本的に料理人の仕事だ。私の場合は厨房に出入りしては有り余る魔力を使って豪華な間食を作るのが好きだったので料理ができないわけでもない。しかしここでは魔力が使えないため、魔力を使わない調理器具の扱いを学ぶところから始めなくてはならないし、料理を出すというなら練習は必須である。

「フェリシアには無理だ」

「……何故ですか？」

頑張ろうと意気込んだ途端に否定の言葉が聞こえて表情を曇《くも》らせてしまう。マグノの料理は口に合わないということか、それとも私が信用されていないから料理を出させたくないということか。どちらにせよ少し悲しいと思いながら尋ねると彼はゆったりと首を振りながら答えた。

「調理器具が、貴女には重たすぎる」

「……それは……問題ですね」

そういえば獣人は皆力が強いのだ。こちらの基準で作られた道具は皆、私が簡単に扱うには重たすぎるのであろう。鍋一つですら運ぶのに苦労するに違いない。獣人の手でも扱いやすいようにするなら調理器具はすべてが大ぶりで、彼らの大きな手に合うようになっている。それなら私は包丁一つですらまともに扱うのは難しいというのは想像に難くない。

「そうなると私ができるのは料理の盛り付けや……食材を飾り切りするくらいでしょうか」

小刀を用意してもらえれば料理を彩る食材の切り出しくらいはできるのではないか。普段は魔法で形を作るのだが、刃をどう入れるのかは知っている。知識がなければ魔法は形にならないから。

自分の手でそれをやったことはないけれど、それを練習すればどうにか携われるだろう。という提案だったのだがアルノシュトは少し目を丸くしながら私を見ている。

「飾り切りとはなんだ」

「野菜や果物を花などの形に見えるように切ることです」

「……そんなことができるのか？」

ヴァダッドには料理を飾り立てる文化はない。何故なら彼らのほとんどは不器用であり、器用な獣人は料理人ではなく刺繍職人になるからだという。

ならば私が魔法を使わず飾り切りをできるようになり、それをヴァダッドの料理で生かしてもらえるなら——これは、二国の文化交流の一端になるだろう。

「料理人の方に調理のほとんどをお任せすることになりますけれど……私がいなければ出来上がらない料理であれば、意味があるのではないでしょうか」

「ああ、そうだな。……料理人にも話を通しておく。承諾を得られたら紹介しよう」

「ええ、ありがとうございます」

　そうして翌日には使いたい材料について尋ねられ、翌々日には料理人に会わせるからと厨房へ案内された。バルトシーク家の料理人として紹介されたのはまだ幼さの残る顔立ちの青年だ。鋭く光る青い目を大きく見開きながら睨むように私をみている。しかし口元を固く引き結んだ彼の真っ白な尾は、風を切る音がするほどに大きく振られていた。

「よろしくお願いします。ゴルドークです。ルドーと呼んでください」

　勢いよく尻尾を振りながら名乗られた。自己紹介から愛称で呼んでほしいと言われたことに驚きつつ、表情から受ける印象よりもずっと好意的なのだと理解して嬉しくなる。勢いのいい尻尾は彼の興奮を表しているのだろう。

「フェリシアと申します。フェリシアと呼んでください。よろしくお願いしますね、ルドーさん」

「ルドーでいいです」

　ミランナに続き彼からも愛称に敬称を付けないようにと言われたので、呼んでほしいと言われた名の通りに呼ぶのが彼らの文化なのかもしれない。

　今後は気を付けようと思うが、アルノシュトの場合「アルノー様」で定着してしまったので、今更呼び名を変えるのは難しい気がする。折を見て尋ねるべきだろうか。

「ところでフェリシア。……これは？」

　挨拶の癖で私が差し出した右手にゴルドークがそっと自分の手を合わせてくれていた。しかしその後首を傾げて不思議そうに尋ねてくる。意味が分からないけどとりあえず真似をしてくれたようだ。

「これはマグノ式の挨拶ですよ」

「そうですか。覚えました」

私が軽く手を握ると彼もそっと優しく握り返してくれた。表情は相変わらず引き締まって不機嫌そうにも見えるけれど、素直で実直な性格に見える。少なくとも私に対して好意的であるのは勘違いではないだろう。

「……ミランナが来るまでは俺もここにいる」

「ありがとうございます、アルノー様」

厨房の隅に移動して壁に寄り掛かるアルノシュトはおそらく、私を護衛してくれているのだろう。彼とミランナは私が魔力を封じられていることを知っていて、だからこそあまり傍を離れないのだと思っている。もしかしたら監視の意味もあるのかもしれないが、睡眠以外のほとんどの時間は二人の内どちらかが必ずついていてくれるような状態なので、文化を知らない国にまだ馴染めない私としてはとてもありがたかった。

「さっそく始めましょう」

耳と尻尾に袋のような布を被せてからゴルドークが厨房の調理器具について教えてくれる。この恰好が料理人の正装なのだろう。彼が一つ一つ見せてくれたのはどれも魔法で動くことのない、自然の摂理に従った道具たち。包丁一つでも私には重たく、すぐに疲れそうだった。

この中で私が扱えるのは小さな果物ナイフくらいである。小さいと言ってもマグノの通常の包丁とほとんど変わらないサイズだが、しかしこれ一つあれば今回私がやりたいと思ったことはできるはずだ。

「フェリシアは食材を装飾品のように切ることができると聞いて興奮して寝付けませんでした」

「ふふ。……けれど、私も魔法を使わないで作るのは初めてですから、期待に沿えるかどうかわかりません。練習させてくださいませ」

彼が初対面であるはずなのに好意的だったのは飾り切りという調理法に強い興味があったからのようだ。まずは簡単にリンゴを使ってウサギやペンギンを作り、次は難易度をあげて白鳥を切り出してみる。どこに切り込みをいれるかは分かっていても、実際に己の手でやってみると難しい。魔法であればどこをどのように切るのか指定すればあとは道具が綺麗に命令をこなしてくれるのだけれど、そのサポートがなければ私は包丁をほとんど扱ったことのない素人同然なのだ。

出来上がった作品たちは形にはなっているものの拙い。魔法で正確に作ったものとは段違いで、やはりこれは数をこなして慣れるしかないだろう。

「やはり難しいですね。やり方は理解しているのですけれど、実践となると……」

「いえ。でもこれは、みな喜ぶと思います。特にこちら、鳥種は喜ぶでしょう。ところで犬はないんですか?」

ゴルドークはやはり硬い表情だったが尻尾がぶんぶんと揺れていて興奮している様子が伝わってきた。表情と体の表現の差異がなんだか可愛らしく、不出来な自分に下がり気味だった気分がすぐに持ち上がる。

「ごめんなさい、犬の飾り切りは……もう、彫刻の域ですもの。技術ではなく芸術になりますから、私は作り方を知りません」

「そうですか」

あからさまに尻尾が元気をなくした。声の調子は変わらないけど力がないように見える彼の話によると、獣人たちは自分たちの祖となる種族を大事に思っており、その動物のモチーフを好む者が多いという。本当に単純で簡単な構造のウサギでも兎族は喜び、ペンギンや白鳥の飾り切りは鳥族とその中でもペンギンに近い者、白鳥に近い者が特に喜ぶだろうと教えてくれた。

「……宴には鳥種にも声を掛けられそうな家があるから、呼んでみよう」

「それはいいですね、きっと喜びます」

宴の参加者はまだ正確に決まっているわけではなく、選別中らしい。反発の少ない者から少しずつ、私という〝魔法使い〟に慣れてもらう。いつか、大勢の獣人と魔法使いが交流できる宴が開けるようになればいい。そう思っているのはきっと私だけではなく、アルノシュトも同じなのだ。

ゴルドークには他の動物は作れないのかと尋ねられたが、他に知っている飾り切りはほとんどが植物の形を模しているので首を振った。あとは練習してできそうな花をいくつかの野菜で作ってみたが、出来はどれも似たようなものである。

「練習あるのみ、ですね」

「充分すごいと思いますけどね。じゃあこの、今日の練習の成果は僕が使わせてもらうので」

真面目に引き締まった顔で皿の上の飾り切りの成果を引き寄せたゴルドークの尻尾は、やはり風を切りながら振られていた。随分と気に入ってくれたらしい。……微笑ましくて仕方がない。

材料を切り出しすぎても料理で消費しきれず無駄にしてしまうので今日の練習はこれで切り上げることとなった。昼食にはさっそく飾り切りのリンゴがデザートとして出てきたが、ちょうどそのデザートを食べる頃にやってきたミランナが目を輝かせてはしゃいでくれたので、彼女にも席についてもらって私の分のデザートを分けることにした。

「これいいなぁ、なんだか普通に食べるよりおいしい気がする。可愛くてお腹が空いちゃう。フェリシアが花嫁に来てくれた家ではこんなに楽しいことがいっぱいあるんだね」

嬉しそうにリンゴを平らげた彼女はそんなことを言いながら、まだ白鳥の姿がまるごと残っているアルノシュトの皿を見つめた。彼はこのリンゴは口に運ぼうとせず、周りにある小さくカットされた他の果物だけを食べていた。

「アルノシュトは食べないの？」

「崩してしまうのが惜しくてな」

「でもリンゴだから食べないともったいないよ」

「……それもそうだな」

ミランナの言葉でようやく白鳥の羽にフォークを刺したアルノシュトの耳がしゅんと下がったのが見える。そんなに残念がらなくてもいいのにと思いつつ、そんな姿はどこか幼く見えて愛らしい。

……たしか彼は私より五歳年上の二十三歳で立派な成人男性であるはずなのだけれど。

「フェリシアが兄さんのところに花嫁に来てくれてもよかったのになぁ」

アルノシュトが口の大きさに見合わず小動物のようにリンゴを齧《かじ》っている中、ミランナがそんな言葉を漏らした。

彼女には兄がいるらしい。しかし私が会う人間はアルノシュトが選んでいるのでまだ会ったことがない。私が知っているのはアルノシュト、ミランナ、ゴルドークの三人だけで、バルトシーク家の人間——つまり、アルノシュトの親や兄弟にも会ったことがないのである。私が信用されれば、もしくは家族の方の心情が落ち着けば挨拶をさせてもらえるのだろう。

「お兄さんがいるのね」

「うん。アルノシュトと仲いいから、そのうち会うんじゃないかな」

そう言われてアルノシュトの方に目を向けると彼はリンゴを齧っている姿のまま動かなくなっていた。私に見られていることに気づいたのか、齧っている途中だった白鳥の薄い羽をパクリと口の中に入れて飲み込む。

「あれも気まぐれだからな。気が向いたら会いにくるだろう」

「兄さんは自由人だからね」

その時ミランナに向けられたワインレッドの瞳が「人のことは言えないだろう」と語っている気がした。猫族というのはこのように縛られる物の少ない性格が多いとは聞いていたから、彼女によく似た兄なのかもしれない。小さく笑っていると真横と正面から視線を感じて、少し落ち着かなくなる。

「やっぱりいいなぁ……フェリシア、今からでも兄さんの花嫁になってもいいんじゃない？」

「狼族は離婚しない」

「あ、そっか。狼族は婚姻の縛りが強いんだっけ」

「……獣人は種族ごとに結婚制度の違いがあるのですか？」

ヴァダッドでは夫婦の形が決まっているわけではないらしい。種族によって一夫一妻や一夫多妻、パートナーを数年で変えるなど色々あるがその中でも狼族は一夫一妻であり、生涯パートナーを変えることがなく、たとえ伴侶を失ってしまっても再婚しない。それが狼族としての掟《おきて》であるという。

（……それは……私で本当に、良かったのかしら）

そんな狼族だから決して別れさせぬようにとこの政略結婚に選ばれたのかもしれないが、アルノシュトの心境はどのようなものだったのだろう。……真っ先に「愛せない」と言われたくらいだからあまり良いものではなかったのではないか。

私たちの関係は悪くない。夫婦らしくはなくても仲間意識というか、友人のような、同僚のような親しみならお互いに抱けるだろう。けれどそれはやはり夫婦ではないのだ。

獣人に離婚・再婚や重婚といったものが許される種族がいるなら、私はそちらの花嫁となった方が――花婿の幸福の妨げにはならなかっただろうに。

（けれどアルノー様も私もそれを選べる立場ではなかった。……ならせめて、この結婚が苦いものにならないようにしましょう。いつか人生を振り返った時、「悪くなかった」と思えるように）

時間のかかる大仕事を任されているのだ。私とアルノシュトがきっかけでマグノとヴァダッドに住む人々が今よりもお互いを知り、親しくなれれば――きっと、私たちの結婚の意味はあったのだと思えるはずだ。

そうなるように、私はもっとたくさんの獣人と関わって、マグノの魔法使いに興味を持ってもらいたい。そのためには宴を成功させるのが大きな一歩となるだろう。

ゴルドークやミランナの反応を見ていればその第一目標を達成する目処は立ったように思う。とにかく私は努力するしかない。


そんな決意から数日後の、夜のこと。

ヴァダッドに来てからの私の一日の中で、一人だけで過ごす時間というのはとても少ない。朝目が覚めて支度を終えた頃になるとアルノシュトがやってきて、午後に彼が兵士たちを鍛えに行くと出かける頃にはミランナがやってくる。そして彼女はアルノシュトの帰宅まで傍にいてくれて、そのあとは就寝時間までアルノシュトと過ごす。

だから朝目覚めた時と、今のような就寝前の短い時間が私の〝一人きり〟の時間だった。この部屋は屋敷の中心部なので天窓しかない。部屋の明かりを消してしまえば、空から月明かりが入ってくるだけとなり薄暗い。

（私には暗くて見えづらいのだけど……獣人は目がいいから、これで充分なのね）

獣人の身体能力の高さと五感の鋭さは悉《ことごと》く魔法使いを上回っている。そして魔法に頼って暮らしている私たちは身体能力が退化してきた。この二種族の差は圧倒的であり、歴然である。

暗く静かな夜に部屋で一人になるとなんだか心もとないような、漠然とした不安が湧き上がりそうになってぎゅっと自らを抱きしめた。早く寝てしまうべきなのだろうが、天井の窓からのぞく満月が青く輝いているのを見ていたら眠気が飛んでしまったのだ。

そしてふと。私が見上げる窓に人影が映りこむ。月光を背にして顔が見えないが獣の耳がある獣人だ。その人物はひらひらと手を振ったあと部屋の中を指さした。その先に視線を送ればこの部屋の扉があり、もう一度窓に目を戻すとその影はいなくなっていた。

（……部屋の……外？）

人影が何を伝えたかったのか。暫く迷ったが気になって眠れそうにないと扉に向かう。アルノシュトの言葉を信じるならこの屋敷は安全で、彼もすぐ隣の部屋にいる。扉の外を確認するくらいなら大丈夫だろう。

そうっと扉を押し開いて外の様子を確認してみると人が立っていた。私と目が合うとひらひらと手を振って見せる。……先ほど、天窓の外にいた人物に違いない。

「よう花嫁さん、はじめまして。俺はシンシャ。妹がいつも世話してるって言えば分かるか？」

白毛に黒い縞模様の猫。鮮やかな緑色の瞳がミランナとよく似ている。彼がアルノシュトと仲のいい、ミランナの兄だということはすぐに分かった。

「初めまして、私はフェリシアです。フェリシアと呼んでください」

「そっか。よろしく」

これで私が出会った獣人は四人目。そしてシンシャは――呼び名を教えてくれない、獣人だった。

（名乗らないということは……警戒されているということかしら）

獣人の挨拶については大分理解できたと思う。まず彼らは自分の名を名乗り、親しくなる気があるなら呼び名を教えてくれる。それが愛称であれば、友人になりたい、もっと親しくなりたいというアピールだ。

（そういえばアルノー様も最初は呼び名を教えてくださらなかった。……けれどあの時は意味も分かっていなかったから）

明確に距離を置かれていることを、その名乗りで理解できたのは今回が初めてだ。猫族の特徴的な口元のせいで笑っているように見えるけれどシンシャは私に気を許していない。彼から感じる威圧感に少し、息が詰まりそうな気さえする。獣人たちのこの風習は相手の自分に対する感情が良くも悪くも分かりやすい。取り繕《つくろ》わない彼らの態度は心地よく、時に怖くもある。

しかしそれでも彼は自ら私に会いに来た。何か用事があるのだろう。

「私に何かご用でしょうか？」

「ちょっと気になることがあってな。一度話を聞いてみようと思って」

「左様ですか。……では中へどうぞ」

何か重要で長い話かもしれない。部屋の前で立ち話というのも失礼だろうと室中へ案内する。彼が部屋に入ったところで扉を閉めると、薄暗い部屋なのにさらに影が降りかかってきて驚いた。

見上げれば暗い影の中に緑の瞳が輝いて浮かんでいる。私はどうやら扉とシンシャの間に挟まれた形になっているらしい。彼が天井の月明かりを遮《さえぎ》ったせいで突然暗くなったように感じたのだ。

「魔族ってさ、誑《たら》し込むのが得意なのか？」

「魔族……？」

　魔族とは一体何か。一瞬その意味を考えて、すぐに思い至ることがあった。マグノにも獣人のことを「亜獣」と呼ぶ魔法使いがいる。獣人は人ではなく、獣である。そのような蔑《さげす》みを込めた呼び名だ。

　これはきっと、ヴァダッドの獣人たちが魔法使いに使う蔑称なのだと理解して、心臓が軋《きし》むような感覚に胸元の服を握ってしまった。

「ミーナは最近お前の話ばっかりでな。ここの料理人もすっかりお前のことを気に入って、アルノーも……お前に会ったやつは皆、お前のことが好きになる。魔族らしく妙な術でも使ってんのかと思ったんだけど」

「そのようなことは……」

「それに猫族を夜の寝室に招くなんて、そういう気があるってことだよな」

「えっ⁉」

　驚きすぎてはしたないほど大きな声が漏《も》れたので慌てて口を押えた。

　たしかに夜、寝室に異性を招く行為はマグノでもそういう合図と捉えられかねないが、そういったお誘いは手紙や贈り物でするものであって、突然訪ねてきた話のある相手を部屋に入れることでそうなるとは考えもしなかった。

　それに、私は決してパートナーを変えないという狼族アルノシュトの花嫁だ。そのルールが自分にも適用されると思っていたが、どうやら違うらしい。相手の種族、または自分の種族によってルールが変わるのだろうか。……ヴァダッドの文化を理解するのは本当に時間がかかりそうだ。今は間違えたことを謝り、彼らのルールに従って行動するしかない。

「申し訳ございません。それは存じ上げず……大変失礼とは承知ですが、部屋を出ていただけますか？」

「……部屋を出ろ？」

「はい。廊下でお話ししましょう」

「……廊下で」

「はい」

シンシャは暫く無言で私を見下ろしていた。彼の後ろで縞模様の尻尾がゆっくりと揺れ動いているのが見える。まるで考え事をしている人が無意識に指遊びをしている時のような、そんな印象を受けた。

「俺にこのまま襲われるとか思わない？」

「それはないでしょう」

「何故断言できる？」

「貴方はアルノー様のお友達ですから」

意外そうに目を丸くされたが、シンシャが私に乱暴なことをしないと思うのはひとえに彼がアルノシュトの友人だからである。

私がアルノシュトと過ごした時間は短い。結婚してまだ半月ほどしか経っていないのだからその本質を知るには短すぎる期間である。しかし、彼が優しい心根の持ち主で、いたく真面目であろうことは窺えた。そんな彼と親しくできるのだからシンシャは奔放《ほんぽう》に見えて、真面目なアルノシュトの意に沿わないことはしないのだと思う。

それにアルノシュトはシンシャと会うなとは言わなかった。「危険な相手には会わせられない」と言って会う人間を選別している彼が私と簡単に会える場所にシンシャを置いているということは、信用している証に他ならない。

「アルノー様は貴方を信用しています。貴方はそれを裏切らないから、アルノー様のお友達なのでしょう」

「……なるほどなー」

何を納得したのか分からないが、彼はすっと身を引くと頭の後ろで手を組んだ。先ほどまで大きな体に遮られて暗かったせいか、月明かりでも充分にあたりが見えるようになっている。

なんとなくだが、シンシャから感じる圧のようなものが減っているような気がした。心なしかその顔も笑っているように見える。……猫族は元から笑っているように見える顔立ちなのだけれど。

「思ってたのと違ったなぁ」

「……思ってたの、とは？」

「ミーナはお前を可愛いって連呼するし、終《しま》いにゃ俺の花嫁にすればよかったのになんて言うし。アルノーもお前がか弱いから絶対に危ないことさせられないって思ってる。だからもっと庇護欲をそそる感じなのかと」

ミランナが私を赤子か子供のようにひ弱で可愛い存在だと思っているのは普段の言動から分かって

いたが、帰ってから家族にもその印象を伝えているようだ。アルノシュトも湯を運ぶことができない私を見ているのでそのように感じているのだろう。

私の肉体が獣人たちに比べて大変貧弱なことは知っている。魔力を封じられているから尚更、私が何もできない非力な存在であるのは間違いない。

「魔族のイメージに合わないし。まあ実際お前は小さくて細くて脆そうだけど」

「ん？」

「一つ申し上げたいのですけれど……」

「私たちは魔法使いです。……そう呼んでいただけませんか？」

本人には蔑む気持ちはないのかもしれない。ただこれは蔑称であると私が気づいてしまったから、その呼び方はやめてほしい。私も決して「亜獣」とは呼ばない。彼らと同じように「獣人」と呼ぶ。親しくなりたいからこそ、そうしてくれないかと願った。

「ああそっか、これ蔑称か。悪いな、年寄り共は皆そう言うからさ。魔法使い、な」

「ふふ。ありがとうございます」

このあっけらかんとした謝罪は心地いい。彼自身にはそこまでマグノに対する嫌悪感がないのだろう。あっさりと訂正してくれたことが嬉しかったし、私はこの正直な人柄も結構好きだ。獣人も魔法使いと変わらず、個性豊かで魅力的な人達だと思う。……やはり、マグノとヴァダッドの交流が盛んになってほしい。折角隣り合う素晴らしい国があるのに、ただ知らぬままいがみ合うことほど惜しいことはない。

「意外だった。……はっきり物を言うし、アルノーの話を聞いた感じもっと大人しいと思ってたよ」

「こちらに慣れてきて素が出るようになったのかもしれません。昔はこっそり国境まで遊びに出かけるくらい、活発な子供だったのですよ」

平和条約が結ばれたとはいえ不安定な隣国との国境まで親に隠れて出掛けるなど、今思えばやんちゃがすぎる行動だ。ただ私は子供の頃から魔力が溢《あふ》れていたし、魔法を使えた。家から国境までは魔法を使って移動すれば十分程度の道のりで、秘密の散歩のようなものだったのである。

「……国境まで何しに来てたんだ？」

「友人と交流をしていたといいますか……おかしなことはしていませんよ？　そこにしか来られない友人とちょっとした文通をしていただけです」

シンシャが急に真面目な顔をしたので「国境でよからぬことをしていたのか」と怪しまれてはいけないと思い弁明する。国境付近は危険だからとほとんどの人間は近寄ろうとしない。そんな場所だからこそ逃避の場所としていたらしい平民の兵士と、私は手紙のやり取りをしていた。

このことは家族の誰にも明かしていない。国境へ出かけていたことも、平民と親しくしていたことも知られてはならないと思っていたから。しかしマグノ国の貴族の事情などヴァダッドには関係がないだろう。シンシャに不信感を抱かれる方が問題だ。

「ふぅん……？」

今度は興味深そうに私を見つめ、そしてその目を弓なりに細めた。この顔はミランナもするので知っている。おそらくこれは私たちでいうところの〝笑顔〟に相当する表情だ。獣人のほとんどははっきりとした笑顔になれないというけれど、知っていれば笑顔になるような気持ちなのだと理解できる。

「面白くなりそうな予感がするな、フェリシア」

「……そうですか？」

「ああ、そうだよ。じゃあ夜も遅いから俺は警備に戻るわ。だからお前は安心して寝ればいい」

彼はどうやらこの屋敷の、ひいては私の部屋の警備をしていてくれたようだ。この部屋にある唯一の窓は天井だから、屋根の上から侵入する者がないか見張る役か何かだったのだろう。そこでふと、一人不安げに自分の体を抱く私が目に入り、声を掛けに来たのかもしれない。

私という人間がどのような性根なのか見てみたかったというのもあるだろうけれど——彼のおかげで不安が和らいだ。シンシャもまた、優しい人なのだと思う。

「ありがとうございます。……おやすみなさい」

「ん。……あ、そうだ。俺のことはシンシャって呼べよ、じゃあな」

そう言い残し、気まぐれな白猫は去っていく。私は暫くシンシャの出ていった扉を見つめていた。

……彼は私を確かめに来たはずだ。

（……合格、なのかしら？）

呼び名を教えてくれたということはおそらく、それなりに認められたということなのだろう。なんだか少し心のうちが温かい。

今ならよく眠れそうだと、すぐに柔らかなベッドに潜り込んだ。

「シンに会ったのか」

翌朝、部屋を訪れたアルノシュトと一緒に朝食を摂っていると突然そう切り出された。こうして小さなテーブルで向かい合って食事を摂り、話をするのが習慣となってきている。朝は大抵その日の予定を話し合うのだけれど今日はそれよりもそちらが気になったのだろう。

「シン」という愛称から思い当たるのは昨夜出会った人物以外にない。そしてその相手で間違いないと確信して頷いた。

「はい。……よくお分かりになりましたね」

「においで分かる。狼族や犬族は特に鼻が利くからな。……この部屋に入っただろう？」

狼の獣人は嗅覚が鋭いらしい。私がシンシャに会ったことや、室内に招いたことも分かったようだった。そこでシンシャの言っていた〝猫族を夜の寝室に招く意味〟を思い出し、ハッとする。

「その、決してやましいことはありませんので……」

「そうか。……しかし、どちらでも構わん。フェリシアが狼族に合わせる必要はない」

「……それは、どういう」

「俺は貴女を愛せないからな。貴女が他の男の愛を求めても責める気はない」

何故だろう。アルノシュトのその言葉に胸を押さえつけられたような苦しさを覚えた。彼はおそらく悪気があるわけではない。むしろ、私を気遣っているのだろうとも思う。

けれど私は、愛されることがなくてもアルノシュトの妻となった。形だけであったとしても、彼の妻として正しく在りたい。

「……そのようなことをするつもりはありません。魔法使いの夫婦は一夫一妻ですし……私は、貴方に嫁いだのですから」

恋愛をするためにここに来たわけではない。私はアルノシュトと共にマグノとヴァダッドを繋ぐ役目を果たすことを人生の目標にしようとしている。一般的な夫婦とは違うだろうけれどそれが私達の夫婦の在り方で、二人で変わっていく二国、二種族を見守って終わる人生ならそれもよいと思えるようになってきたところだった。

まるでそれを否定されたような気持ちだ。アルノシュトにその考えを話したことはないから、彼が「愛されないことを辛く感じるのではないか」とこのような提案をしたのだろうと見当はついても、悲しいものは悲しい。

「もしかして……傷付けただろうか」

「…………正直に言えば、少し傷付きました」

「……すまない。俺は……貴女が少しでも、この地で幸せを見つけられたらと……」

無表情なアルノシュトの耳と尻尾がしゅんと垂れ下がっている。そんなに落ち込まれると怒れないではないかと苦笑した。

自分の考えを伝えていなかったから彼に余計な気を遣わせたのだ。これを機に私の想いを話しておくべきだろう。

「ここに来てまだほんの数人と知り合っただけですが……ヴァダッドの人は魅力的です。獣人と魔法使いが盛んに交流できる未来が訪れたら嬉しい、と思うようになりました」

「それは……俺も、そうなったらいいとは、思う」

「はい。だから私は愛されることなど望みません。……貴方と、より良き二国の未来を作る仕事をしたい。その未来を見てみたい。それが私の幸せとなりましょう」

私はアルノシュトが好きだ。異性としても魅力的だと思う。けれど愛せないという彼の愛を求めたりはしない。人間として、その人柄を好いている。彼とならこの先も上手く仕事ができるだろうと、彼がパートナーでよかったと思う。……ただそれだけなのだ。

狼らしい大きな尻尾が暫く戸惑うように揺れ、そしてワインレッドの瞳を軽く伏せた彼は小さく息を吐いた。まるで、安心したように。

「……ありがとう。貴女が俺の花嫁でよかった。共に……二国の良き未来のために、頑張ろう」

「ええ。まずは次の宴を成功させましょう」

「ああ。……これから改めてよろしく頼む」

テーブル越しに差し出された右手に少し驚いた。ヴァダッドに握手の習慣はないからだ。ついその手とアルノシュトを交互に見つめていると、彼の耳が不安げに後ろの方に倒れていく。

「……こういう時に使う挨拶なのかと思ったんだが、違ったか？」

「いいえ、間違っていません。……よろしくお願いいたします」

驚いて手を取るのが遅れてしまったが彼の手をそっと握った。温かくて大きな手が優しく私の手を包むように握り返してくれる。

そういえば、アルノシュトに触れたのは嫁いだ日のエスコート以来な気がする。ミランナはスキンシップが激しいけれど獣人が皆そういうスキンシップを好むわけではないのだろう。彼があれほど身を寄せてくることなど想像もできない。

「俺はまだ貴女に話せていないことがある。……宴が成功したら、聞いてほしい」

「ええ。お待ちしております」

「……俺はフェリシアが好ましい」

突然の台詞にどきりとした。愛せないと言われているし相変わらず恋愛的な情がないのは先ほどまでの会話でよく分かっていても、やはり魅力的だと思う異性に真剣に見つめられてこのようなことを言われれば落ち着かない。……いつかは政略結婚をするのだからと、恋愛など無縁な生活を送ってきたせいか、耐性がないのである。

「だから貴女の幸福を願っているのは本心だ。俺は人付き合いが下手で、愛想もないし言葉を間違えるかもしれないが……それだけは知っていてくれ」

「はい、承知いたしました。……私もアルノー様の幸福を、願っています」

私が花嫁になってしまった以上、離婚のできない狼族である彼は愛せない妻と添い遂げることになる。私とアルノシュトが愛し合う未来など存在しない。ならば、それ以外の幸福を。何も幸せとは好いた相手と結ばれ、子供を産み育てることだけではないのだから。

互いに手を離して食事を再開した。その後はいつもの通り今日の予定を話し合う。

「今日も飾り切りを練習するんだろう？」

「ええ。けれどミーナに見学したいとねだられたので、昼を過ぎてからにしようかと」

「……そうか」

何故かアルノシュトの耳がほんのりと下を向いた。残念がっているように見えるのだけれど、残念がるような要素があったようには思えない。

「では、昼まではどうする？」

「刺繍をいたします。アルノー様のご予定は？」

「俺は貴女の傍にいようと思ったんだが……刺繍をしているなら邪魔になるな」

「お話ししながらでも刺繍はできますから大丈夫ですよ」

下がり気味だった耳が上向きになったので気分が良くなったようだ。私と一緒に過ごしたいと思っているように見える。「好ましい」という言葉通りに恋愛感情はなくとも好かれていて、時間を共有したいと思われているのかもしれない。それなら私も嬉しいところだ。

「フェリシアといる時はとても穏やかでいられる。俺はあまり、諍《いさか》いも……戦闘訓練も、好きではなくてな」

「そうなのですか？　アルノー様は……英雄的な軍人だと、お聞きしたのですけれど」

「体が強いだけだ。俺自身は戦いたいとは思わない。戦争なんて馬鹿らしいと思っているし、誰も傷付けたくない。……こんな強さはいらなかった、と思うことがある」

アルノシュトは軍人である。しかも相当に腕が立ち、武力で名を馳せられる程の。それでも彼自身は争いを好まず、人を傷付けることを嫌う性質を持っている。やはり性根が優しい人なのだろう。彼のような優しい人が誰かを傷付けなくてはならなくなるのが戦争というものだ。

「私はアルノー様のその優しさが好きですよ。……私も、人を傷付けたくありません。しかし強い力を持っているということは悪いことでもないかと。きっと、大事なものを守ることもできますから」

彼とは違うけれど私も大きな魔力を持っている。この力は簡単に人を傷付けることができ、逆に言えば多くの人を守ることができるものだ。何か守りたいものがあるなら強い力を持っていることは、悪いことではない。手段や選択肢が多ければいざという時役に立つ。

彼はじっと私を見つめ、そして――そっと目を閉じた。覆い隠されたワインレッドの瞳にあったのは、悲しみだったのか、喜びだったのか。ピタリと動きを止めた耳と尾からも感情を読み取ることができない。

「そうだな。……俺は……もっと、早く貴女に会っていれば……違ったのかもしれないな」

彼のその言葉の意味を理解することはできなかった。どういう意味かと尋ねることも、できなかった。重たい沈黙が漂い、何か話題を変えなければと焦る。ちらりと視界に入った袖の刺繍を見て思い出したことを咄嗟《とっさ》に口にした。

「そういえば……新しい服の仕立ては、どうなっていますか？」

彼と式を挙げた日に、随分と布の余るヴァダッドの服を着た私を見て「新しく仕立てる」と言ってくれていたのだが、特に採寸もしていないしどうなっているのだろうと思っていたのである。唐突過ぎたと思うけれどアルノシュトは気にした様子はなく、普段通りの様子に戻って首を傾げた。

「ん……必要、か？」

「……必要、ありませんか……？」

「………今の恰好がよく似合う、と思ったので……必要ないかと思っていた」

　今の私はマグノの服の上に大きなヴァダッドの服を重ね着している。アルノシュトはこの恰好を気に入っており、これなら新しい服は必要ないと思っていたようだ。

　たしかに外からは分からないだろうがこれはあちらこちらを糸で詰めて不恰好ではない程度に直しているだけなので、しっかりと体に合わせた服の方が合うと思う。そのように話せばアルノシュトも緩く尻尾を振りながら頷いた。

「そういうことか。では……ミランナに採寸を頼もう。貴女は小さいからそれでもゆとりのある服となるだろうし、中にマグノの服を着ればいい」

「はい。そのつもりです」

「……そういえば、服を頼む手紙は書かなくていいのか？」

「今夜書こうかと。家族に伝えたいこともありますし」

　私が祖国へ送る手紙はすべてアルノシュトに見せている。私が学んだ文化に間違いがないか確認してもらうのはもちろん、私に害意や企みがないことを示す意図もあった。だから彼はまだ私が〝報書〟以外の手紙を送っていないことを知っているのだ。

　その日の夜、私は家族に前開きのマグノの服を頼む手紙を書いた。そして、そこにはこちらの生活が楽しいことも、心配をしないでほしいということも記しておく。

『そのようなわけで服の調達をよろしくお願いします。それから、こちらでの生活は順調です。知らない文化に触れることがとても楽しいの。旦那様はとても優しい人でいつも私を気遣ってくれているから、心配はいりません。私はここでマグノとヴァダッドを結ぶ懸け橋になると決めました。いつか家族全員、気軽に会えるような関係にしてみせるから、楽しみに待っていて』

執務机で書き終えた手紙を、隣に立って待っていたアルノシュトに渡した。監視の下で書けば妙な細工もできないからだ。しかし彼は特に警戒をしているわけではなく、私がそうしてほしいと頼んだから隣で見ていてくれただけである。

便箋《びんせん》一枚で収まるような短い内容であったのに、かなりの時間その手紙を眺めていたアルノシュトはふっと柔らかい顔をして、丁寧にその手紙を封筒へと収めた。

「貴女は家族を愛しているんだな。……愛されてもいるんだろう」

「ええ。とても大事な家族です」

「少し、羨ましい。……俺の家族はもう、いないからな」

私はほとんど部屋を出ない。彼の両親や兄弟の存在は気になってはいたが、遠い部屋にいて会わないように配慮されているか、別の家にいるのだろうと思っていた。私が会う人間を彼が選んでいるから、きっと私を信用できたら紹介してくれるのだろうと考えて、何も言わなかったのだけれど。

(……まさか家族を亡くしているとは思わなかった。こんなに広い屋敷で、一人だったのね)

私の行動範囲は狭いがそれでもこの屋敷が広いことは知っている。この広さに一人きりで、それは寂しいことだろう。けれど、今は私がいる。

「アルノー様、私は貴方の妻です。一般的な夫婦とは違うでしょうけれど……家族には違いありません。夫婦の情ではないですけれど、私は貴方が好きです。これからきっと……本当の家族に、なれると思います」

私たちは無理やり結ばれたばかりだが、互いの人間性を好ましく感じているのだ。ならば本当の家族になれるだろう。血のつながりのない家族は夫婦以外にもいる。養子であったり、義兄弟であったり。血のつながりはなくても信頼と親愛で結ばれている、そういう家族になればいい。

そう思っての発言だったのだけれどアルノシュトは数秒間固まってしまっていた。拙い発言をしただろうかと不安になっていると、次第に尻尾が大きく揺れ始める。そして彼はおもむろに私が座る椅子に手をかけ、その身を屈めた。

「……ありがとう。フェリシア」

頬同士がくっついてあたたかい。こめかみのあたりに彼の柔らかい耳が当たっている。ミランナの思いっきり頬擦りするような激しいものではなく、本当に軽く触れただけのもの。けれどこれは間違いなく、親愛の証だろう。

ただ、突然のことに驚いたらしい心臓が、警鐘のごとく鳴り響いていた。

三章　転機の香り

私が花嫁としてヴァダッドにやってきてから早三か月が経った。屋敷の中でほとんどを過ごすため季節の移り変わりを感じなかったが、宴の準備で久々に庭に出たことでその景色の変化に驚く。

初めてこの屋敷に来た時は明るい緑と鮮やかな花が美しい夏の季節であった。今は花の姿は見えないが、木々が赤や黄色に色づき目に楽しい紅葉の秋である。

そんな木々に囲まれながら大きく開いた広場の中心に大きな薪《まき》が組まれていた。夜になれば外の空気は冷たくなってきている。しかしあれだけ大きな火を焚《た》くならその熱で辺りは暖かいだろう。その近辺にテーブルや敷物が用意されており、時間になれば招待客の持ち寄った料理が並び、敷物には人々が集まって談笑の場となるのだ。

「日が暮れる前には火をつけるが……フェリシアは危ないからあまり近づくな」

「いくら私が幼子のように非力といっても、幼子ではないのですよアルノー様」

「それはそうだが……やはり近づくな。宴の間も俺から離れないでくれ」

アルノシュトはこの通り何故だかとても過保護である。私が貴方の家族だと、そう伝えた日から彼は私を守ろうとしていると感じる言動が増えた。それは妻に対する態度というよりはどことなく私を可愛がる兄に似ているので、妹のように考えてくれるようになったのかもしれない。

（もう家族を失いたくないという気持ちがあるのでしょうね、きっと）

失うことを知っている人はそれを恐れるもの。この過保護具合は彼が私を家族と思うようになってくれた証だろうから、反発せず受け入れている。

「そろそろ今晩の料理の飾り切りをしようかと思うのですが」

「分かった、行こう」

今日の宴にはミランナとシンシャも招かれており、宴のために着飾ってくるというのでいつものように昼からではなく、宴が始まる前に来てくれるらしい。だから今日はほとんどアルノシュトが共に行動してくれることになっている。

この三か月で飾り切りはマグノの魔法調理と遜色ないほどに上達した。本来なら一品作れば充分のはずだがあるものは出さなければもったいない、主催側なら複数出してもいいはずだと主張するゴルドークの熱意に押され、今回バルトシークが出す料理は三品だ。

飾り切りをした根菜のスープと装飾フルーツの盛り合わせ、そしてローストビーフを薔薇《ばら》の花のように飾りつけたものである。

(ルドーがやりたかっただけ、という気もするけれど……)

ヴァダッドには料理を飾り立てる文化がなかった。しかし彼らが刺繍をこよなく愛するように、芸術性の高いものは好ましく感じるようだ。ただそれを表現する器用さを持っている者が少ないので、なおさら希少性があがる。

肉類が好きな種族もいるから肉でも飾り切りができないかと尋ねられ、薄く切った肉を花弁に見立てて飾る方法はあると教えたらルドーは大喜びでメニューに追加した。ただ、肉を薄く切るところまではできても飾り付けは難しいとのことで、そちらの作業も後ほど私がすることになっている。

「注目を浴びること間違いなしです。皆がフェリシアを……魔法使いとの交流を、望むようになってくれたらいいと思います。隣の国にはもっと、知ればわくわくすることがいっぱいあると気づいてくれれば、きっと」

「ルドー……ありがとうございます」

相変わらずの硬い表情のまま彼はそんなことを言ってくれる。私が今まで出会った人々はマグノに寛容な者だけをアルノシュトが選別していた。今日の宴はそういうものばかりではなく〝比較的否定的でない者〟まで集めていると言う。

不安もあるが期待も大きい。そういう獣人が魔法使いに、マグノの文化に興味を持ってくれれば――それは本当に大きな意味を持つだろう。

宴の時間が迫る頃に肉の飾り付けまでを終わらせて、アルノシュトと共にミランナが来るのを待った。彼女が来たらアルノシュトも宴用の衣装に着替えてくるという。私の衣装は出来上がったばかりでミランナが届けてくれることになっていた。

「少し緊張してきました。うまくできるでしょうか……」

「フェリシアはありのままでいい。そのままの貴女が一番魅力的だ」

平然とこのような台詞が出てくるのだから困ったものだ。これで私のことは全く異性として見ておらず、しかし本心なのである。親しくなってきたおかげか彼から素直な好意を示されることが多くなった。異性として意識してはならないと理解しているのに、彼がこういう言動を見せると妙に心がざわつくのだ。だからその度に私は己を戒める。……私は、彼に愛されることはないと。思い違いをするな、と。

「貴女の言葉はとても……温かくて心地いい。この宴で、貴女に好感を抱く者は多いだろう。俺は自信をもって貴女を皆に紹介できる」

「……アルノー様がそうおっしゃるなら、少しは自信が持てそうです」

気取ったことを言わず、ありのままの私でいる。人間性を見てもらうならそれが一番いいのは分かっている。私だけが魔法使いではないのだから、まずは私を知ってもらって、私からマグノへと興味を持ってもらわなければならない。

興味を引きそうな料理は用意できた。あとは私自身がどれだけこの国の人々と言葉を交わし、打ち解けられるか。積極的に話しに行こうと心に決めた。

「フェリシア、服を持ってきたよ！」

「……では、またあとで」

暫くしてミランナが訪ねてきた。彼女の衣服は普段より刺繍が多く複雑で、そして金糸をふんだんに使っているものだった。彼女が動く度に刺繍がきらめいて目を楽しませる。

私もだがアルノシュトも着替えるため、彼は一度自室に戻っていった。私はさっそくミランナが持ってきてくれた箱を開け、衣装を取り出す。こちらも金の糸で刺繍を施されている。濃紺の生地にその金がよく映えて美しい。

「ミーナの衣装も、こちらもとても素敵。……この金の糸には何か意味があるのかしら？」

「だって金色は綺麗だからね。特別な日は金色の刺繍の服を着るんだよ。フェリシアの瞳も、金色で綺麗だから私は大好き」

　そう言いながらミランナは私に頬ずりしてくる。これにはもう慣れたもので「くすぐったいわ」と笑うだけだ。……アルノシュトに頬を寄せられるのにはいまだに慣れないのだが。

　ヴァダッドの服の着付けは宴の衣装であっても変わらない。いつもの通りマグノの服の上に重ねて着て、そのあとは髪を軽く編み込んでみた。それをミランナが興奮気味に見ていたので、彼女の指ではこういう髪のセットも難しいのだと思い至る。

「ミーナもやってみる？」

「でも私じゃ難しいよ」

「いいわ、私が結ってあげる」

「ほんと⁉　ありがとうフェリシア！」

　他人の髪であれば自分よりも簡単だ。自分は横髪を軽く編み込んだだけにしたが、ミランナは後ろでしっかり髪を編み、結い上げる。彼女の髪は元々黄と黒が混じっているのでそれだけでとても華やかだ。

　合わせ鏡で自分の髪形を確認したミランナは大いに喜んで私に抱き着こうとし、寸前でピタリと止まった。

「この思いのままフェリシアを抱きしめたらせっかく作ってくれた髪が崩れそう」

「ふふ。気持ちは充分伝わったわ」

陽気な彼女のおかげで宴の前の緊張も随分ほぐれた。暫くして衣装に着替えたアルノシュトも戻ってくる。黒の布に金の刺繍がよく映える、素敵な服だった。宴衣装というのはこの金糸を目立たせるために暗めの布地を使うのが一般的のようだ。

「……珍しい髪型をしているな。フェリシアがやったのか？」

「うん。きっと注目されるだろうし、しっかりフェリシアのことを宣伝してくるね！」

まさかそんな意図があったとは思わなかった。ミランナも私がよく思われるようにと考えていてくれたのだろうか。

自分を想ってくれる優しい人たちに囲まれているのだと改めて思う。……私はこの場所が、好きだ。

「フェリシアもよく似合う。……ヴァダッドの者にはない美しさで、とても惹かれる」

「……ありがとうございます」

他意なくこのようなことを言われて体に集まる熱を逃がそうと深呼吸をしてから、努めて冷静に返事をした。ミランナはアルノシュトをきょとんとした顔で見て、彼を指さしながら私を見下ろす。

「ねえ、アルノシュトっていつもこんなの？」

「そうね。最近はこんな感じよ」

「ふぅん。……フェリシアも大変だね」

どうやら彼女はアルノシュトが私を愛していないことを理解している。それでいてこのような態度なので、私の苦労が分かるらしい。こくりと頷《うなず》いて返事をする私にアルノシュトは小首を傾げていたが、これが彼の自然体なのだから致し方ない。

「じゃあ私は先に広場にいるね！　宴でも話そうね、フェリシア！」

「ええ。またあとでね」

元気よく部屋を出ていったミランナを見送って、残された私たちも並んでゆっくりと歩き出した。

屋敷を出れば外はまだ明るく、空がほんのりと茜に染まり始めた頃だった。

広場の方からは人々の賑《にぎ》やかな話声が聞こえてくる。そちらに向かっていくと、いくつもの視線がこちらに向いて——声が、ピタリとやんだ。

（全員、私を見ている。……大勢の視線というのはやはり、居心地のいいものではないわね）

緊張で心臓の鼓動が速くなる。踏み出す足は広場に近づくほどに重くなり、笑みを浮かべる頬が引きつりそうになってきた。すると突然、自分の手を誰かに握られて驚き、肩が跳ねそうになる。……この状況で私の手を取れるのは、隣に居るアルノシュトしかいないのだけれど。

「なんだか今にも倒れそうに見えてな。転ばないよう、俺に摑まればいい」

「……ふふ。はい。ありがとうございます」

彼の腕に手を添えるように絡めて歩けば足が軽くなったように感じた。私に向けられる視線は必ずしも好意的なものではないだろうけれど——大丈夫だ。私は一人ではない。

大きく組み上げられた薪の前まで進み出ると、アルノシュトがその傍に用意していた種火を手に取った。

「今宵はバルトシークの宴に集まっていただいて感謝する。……彼女がマグノからの花嫁、フェリシアだ。ここにいる者たちは多少なりともマグノに興味があるだろう。存分に言葉を交わしながら宴を楽しんでほしい」

そう言って彼は種火を薪へと移した。これで、日が暮れる頃には立派な焚火が出来上がる。その火が消える頃には宴もお開きとなるというわけだ。

さて、宴は始まったわけだが——途端に私の前に行列が出来ている。獣人たちの素早い動きで目の前に列が出来、思わず組んだままだったアルノシュトの腕を摑んでしまった。

「はじめまして、花嫁殿。バルトシーク家の料理を見たのですが、あちらは花嫁殿がご用意されたのですかね。特にあの、ウサギに見えるリンゴなど」

「え、ええ。そちらは私が手を加えたものです。飾り切りという調理法で……」

最初に話しかけてきたのは長い耳を持つ、兎の獣人だった。その俊敏さでいの一番に駆けつけてきたのである。彼はウサギ型のリンゴをいたく気に入っており、飾り切りに強く興味を持ってくれていた。

そのような感じで並んでいた人たちの大半は飾り切りへの興味、そして女性はミランナや私の編み込みが気になっていたようだ。中にはマグノにはもっと変わったものがあるのか、マグノの人間は貴女のように小さいのかと興味を広げてくれている様子の人もいて、私はそれが嬉しかった。おかげでずっと自然に笑っていられたように思う。

そしてそのほとんどがおおよそ同世代の、若い獣人たちである。少し上の世代も混じっているがそちらは遠巻きに私を見ている者が多い。……料理の方には多少興味があるのか、テーブルのあたりに集中しているが。

「もしかして……若い世代はあまり、マグノに対して悪感情がないのでしょうか」

「俺たちは戦争を知らないからな。……少なくともこの場にいる者の大半はそうだ。それでも少数派だが」

行列がなくなったところでアルノシュトに尋ねてみるとそう返答がきた。つまりこの場に呼んでいるのは偏見の少ない者たちだからそう見えただけで、若い世代でも上の世代から伝わった意識を持っている者は多いのだろう。

この場だけ見るとマグノとヴァダッドの交流も簡単に思える。けれど、これは本当にごく一部なのだ。

炎に照らし出される獣人たちの衣服の金の刺繡が火の揺らめきを反射して輝く様は美しい。もし、マグノ式の宴をするならやはり、その衣装が映えるような設営にするべきだろう。……さすがに気が早すぎるだろうか。けれどそんな未来を思い描きたくなるほど、私は今の光景に安堵していた。彼らがマグノを受け入れてくれる可能性が見えたから。

「俺たちも料理を食べよう。……我が家の物は無理そうだが」

「ふふ……ありがたいことですね」

宴が始まってからバルトシークの出した料理の元には常に人が集まっている。しかし彼らはなかなか食べようとせず、珍しい形の食材を鑑賞しているようだ。

そんな中で誰かの「ああっ！」という、落胆と驚愕の入り混じった大きな声が響く。よくよく見てみればシンシャが料理を取り分けてぱくぱくと口に運んでいた。

「料理だぞ。食べないともったいないだろうに」

そんな台詞《せりふ》が聞こえてきていつぞやのミランナを思い出した。やはり兄妹は似ているものである。ミランナとも話したかったけれど彼女は女性の獣人に囲まれていて話せそうにないので、暫く各家の料理に舌鼓を打った。どの家も肉や魚の料理を持ってきていたのでバルトシークが野菜メインのスープを出したのは良かったのかもしれない。

「こんばんは、花嫁殿」

料理を楽しんでいたところで背後から声を掛けられて振り返った。そこに居た男性は少し色のついた眼鏡《めがね》をかけていて、耳の形がとても変わっているので一瞬種族が分からなかった。耳の位置にあるのはアルノシュトやミランナのような耳ではなく、羽に見える。髪の色は茶色を基調にした斑で、眼鏡の奥の獲物を狙うような鋭い眼光に背中がぞくりとした。

（……梟《ふくろう》かしら……）

その人はゆったりとした動きで大きく首を傾げて私を見る。その動きでやはり梟の獣人なのだと確信した。

「我々を獣と嘲《あざけ》る魔族の貴女は、一体何を思ってこの場においでなのかお伺いしたく」

その言葉はまるで鋭い爪のように私の中に食い込んで、心臓を鷲摑みにするようだった。

「おい、ウラナンジュ。フェリシアに失礼だ」

「君は黙ってなさい、アルノシュト。私はこの魔族と話がしたいだけですよ。君が〝言葉を交わせ〟と言った通りに」

そう言われるとアルノシュトは言葉を継げなくなったようで、唇を噛んで押し黙った。小さく唸《うな》り声のようなものが聞こえてくるがウラナンジュと呼ばれた梟はお構いなしの様子だ。

彼の山吹色の瞳が私を見下ろす。その瞳には温かみがない。彼は――魔法使《わたし》いが嫌いなのだろう。

「それで、お答えは？」

「……魔法使いに、貴方達を蔑む者がいるのは事実です。けれどすべてではありません。少なくとも私は、ヴァダッドの人々と親しくなりたいと思っています」

「ほう？　我々と親しく……かように素晴らしい文化をお持ちなのに、何故我々と親しくする必要が？　マグノには素晴らしいものが溢れていると、そう自慢していらっしゃるのに」

そのようなつもりではなかった。私はただ、周りの人達が喜んでくれたものを、他の誰かも喜んでくれるならと思って用意しただけだ。ただそれを、このように捉える人間もいるのだという現実は直視しなければならない。

そして私は、彼のような人間とこそ話し、言葉を尽くさねばならないのだろう。

「こんなに近くに、全く違う文化の国があるというのに……そこに住む人達も、物も、何も知ろうとせず、嫌い合って生きていくだなんてあまりにも惜しいでしょう」

「惜しい、ですか」

「ええ。嫌うにしてもせめてすべて知ってから嫌っていただきたいわ。目の前にある新しい知識を放棄するだけの行為はとても……もったいないもの」

こちらを面白そうに見るシンシャがウラナンジュの向こうに見えたせいで〝もったいない〟という

言葉が出てきたけれど、本当にそうだ。

　私たちはお互いのことを知らないのに、嫌い合っている。相手が何を思い、何を考え、どのような性格をしていて、どのような価値観を持っているか。目の前にしている個人のことを知らぬまま、属する国や種族だけで嫌うなんてあまりにも惜しいことだ。

「私はまだヴァダッドのことをほとんど知らない。ヴァダッドの人々も、私やマグノのことを知らないでしょう。私たちを知って判断してもらうために、貴方達を知るために私はここにいるのです。……これで、答えになりましたか？」

「……ええ、充分。よく分かりましたよ」

　眼鏡の奥の鋭い眼差しはほんの少し和らいだように思う。鳥の種族である彼に耳や尻尾がないためいまいち感情が分からないけれど、強い拒絶や警戒は感じないような気がした。

「それと……貴方のことも教えてくださいませんか。そしてどうか、私という人間を知ってください。私の名はフェリシア。フェリシアと呼んでくださいませ」

　魔法使いを魔族と呼び、敵意を剝《む》き出しにして話しかけてきた彼のことを私はまだ何も知らない。彼のそれは上の世代に植え付けられた感覚であって、実際に魔法使いを見てどう思うかはまだ分からないのだ。……嫌われたならそれまでだけれど。初めから諦めるようなことはしたくなかった。

　握手を求めて差し出した手をウラナンジュがそっと拾い上げる。袖口からちらりと覗いた腕には翼が生えているように見えた。これが鳥の種族の特徴なのかもしれない。

「よろしいでしょう、フェリシア。私もマグノの文化には興味がありましたし、実際に目にして好奇

心を刺激されましたよ。……私の名はウラナンジュ。ラナとお呼びください」

「……え？」

教えられた呼び名が愛称だったことに驚いていると、手を取った彼は私の指の先に軽く唇を押し当てた。あまりにも突然の出来事に固まっていると横から現れた手が私の手をウラナンジュから引き剝がす。

「いい加減にしろ。他人の妻に愛情表現をするとは何事だ？」

「鳥種にとってはただの親愛表現ですよ。甘噛みすらしてないでしょう？　食べ物を差し出してもいないではありませんか」

どうやら先ほどのは彼にとっては他愛ない行為で、ミランナやアルノシュトが私に頰ずりするようなものであるらしい。獣人は種族ごとに愛情表現が違うようだ。

正直、すべてを把握するのにはかなりの時間がかかりそうである。鳥系の種族にキスをされても驚いてはいけない、と頭の中にメモをした。……しかし態度が一変しすぎて驚くのは仕方ないと思う。

「それでも誰かの番に対し異性が愛情を示すのは控えるものだろうが」

「何をおっしゃるのか。妻であっても番としては愛していないのでしょうに。君は、二度と誰も愛せないと公言しているではありませんか」

二度と誰も愛せない。それは一体、どういう意味だろう。私を庇《かば》うように立つアルノシュトの表情は見えないけれど、唸り声がその場に響いているので怒っているのは間違いない。

しかしウラナンジュは全く意に介さないようでアルノシュトではなく私に視線を移す。

「新しい知識に対する欲があるのは良いことです。私にもそれがありますから。……君の言葉通り、君のことを教えてくださいね、フェリシア」

自分で「私のことを知ってほしい」と言ったのだから断ることはできない。知りたいと言ってもらえるのは望んでいた結果なのだが、かといってこの状況で「はい、よろこんで」と返事をするわけにもいかず、曖昧に頷いた。

「お前は二度と屋敷に呼ばん」

「アルノシュトではなくフェリシアを直接訪ねるので、ご安心を。しかし今日はお暇いたしましょう。他にも話したい者がいるでしょうからね。……それでは、また」

ウラナンジュはそう言い残して去っていく。まるで嵐が通り過ぎていったような心地だ。アルノシュトからは相変わらず唸り声が漏れているし、耳や尻尾の毛が膨《ふく》らんで大きくなっていた。

「アルノー様……大丈夫ですか？」

「…………ああ、すまない。……ウラナンジュは今日の招待者の中では最もマグノに懐疑的だったはずだ。あれがああも変わるなら……この宴は、もう成功と言っていいだろうな」

彼の言葉通り、その後はとても穏やかな時間が過ぎていった。ミランナが連れてきた女性たちにその場で簡単な編み込みをしてあげたり、料理や刺繡の話で楽しく談笑したり。猫族だけでなく狐《きつね》や熊《くま》など様々な種族の女性が訪れたが、誰も彼も私より背が高かった。かろうじてリス族の女性が同じ程度であり、ヴァダッドの中でも小柄な種族だということなので獣人はやはり皆背が高いようだ。

「花嫁さんは小さいというか、細くて……すぐ折れそう」

リス族の女性はどこか心配そうに耳を震わせてそう言っていた。背丈が変わらないからこそ、体格や骨格の差がはっきりと出る。獣人は全体的に肉付きがいい。肥えているのではなく、マグノではなかなかお目にかかれないほど身体の凹凸がはっきりしているのだ。私だけでなく魔法使いは皆、基本的に脂肪も筋肉も付きにくく、厚みがない体つきなのである。

「そうだよね、私もフェリシアを一人にするのは心配だもん。アルノシュトがずっとついてたくなるのも分かるよー」

会話には加わらず、しかし私と離れる気もなく後ろに立っていたアルノシュトに対し、ミランナが会話を振った。先ほどのウラナンジュとの会話でまだ気が立っているらしい彼は無言で頷くだけで返している。暫くして女性たちがおしゃべりに満足して離れていくと今度はシンシャが近づいてきた。

「不機嫌だなー。アイツが嫌味たらしいのはいつもだろ？　分かってて呼んだんじゃねぇの」

「それは承知の上だが……フェリシアにあんな態度を取るとは思わなかった」

「まああれは俺もちょっと驚いたけど。よう、フェリシア。相変わらずの人たらしだな。あの料理も見てて楽しいぜ」

これは褒められているのだろうか。「人たらし」とはあまりいい言葉選びではないと思うが、シンシャに悪意はなさそうだった。

「そんな言い方をするな。……フェリシアが魅力的なだけだ」

「そうだな。じゃあ、フェリシアが色んな奴に好かれるのは仕方ない」

「…………そうだな。しかし、あれは失礼だ。まずウラナンジュはフェリシアに謝るべきだろう」

「まあ、正論だな」

彼らの会話を聞いているうちに、どうやらシンシャはアルノシュトの鬱憤《うっぷん》を晴らしに来てくれたのだと察する。それは銀灰色の尻尾が段々とふくらみを収め、最終的に軽く振られる程度には機嫌が回復したことからも間違いではなさそうだ。

（シンシャって人をよく見てるのよね。アルノー様も肩の力が抜けたみたいだし……言葉や態度は丁寧ではないけれど、気遣いがとてつもなく上手いような……）

自由気ままで空気を読まないというより、自由気ままだからこそ空気を変える存在というべきだろうか。彼のおかげで飾り切りの料理を他の者達も食べる気になったようだったし、アルノシュトが彼を信頼している気持ちがよく分かる気がした。


賑やかな時間はあっという間に過ぎていった。焚火の炎が弱まると招待客もそれぞれ帰路につく。帰っていく人々を見送っているとアルノシュトだけではなく、私にも多くの声がかけられた。

「我が家でも近々宴を開くので是非《ぜひ》、花嫁殿を招待させてください。……その時はあの、ウサギの果物を持ってきていただければ大変ありがたい」

兎族の彼のように我が家の宴に来てくれと言ってくれる人も少なくはなかった。ウラナンジュが帰り際の挨拶に来た時はアルノシュトが警戒心を剝き出しにしていたせいか、彼も普通に「またお会いしましょう」という挨拶だけで帰っていった。

「フェリシアとあんまり話せなくて寂しかったよー……また明日ね！　明日たくさん話そうね！」

「ふふ……ええ、また明日ね」

最後に思いっきり頬ずりしながら別れを惜しむミランナが帰り、その兄であるシンシャはバルトシークの屋敷の中にするりと消えていったので今日も警備をしてくれるのだろう。直接会話する機会は少ないけれど、彼という存在に助けられているという自覚があるので勝手に親しみが湧いている。

「片付けは明日するから、今日は俺たちも休もう」

「はい。……楽しい宴でしたね」

「ああ。いい宴だった。……この後少し、時間を貰えるか？」

「ええ、もちろんです。私も丁度、アルノー様に用がありますす」

宴が成功したら話をしたいと言われていたのだ。招待客の満足そうな顔を見れば、これが失敗でないことは見て取れる。私も彼に渡したいものがあったので都合がいい。

ひとまず私の自室へと二人で戻り、テーブルを挟んでそれぞれ椅子に腰を下ろした。

「……貴女の用件を先に聞こう。俺の話は長くなりそうだ」

「ではお先に。……こちらを、貴方へ」

用意しておいた小箱をテーブルの上で差し出した。中身は彼に渡すために刺繍していたハンカチである。飾り切りの練習で完成が遅くなったので、いっそのこと宴という仕事を終えたら渡そうと考えていたものだ。

箱を受け取って中身を確認したアルノシュトのワインレッドの目が軽く見開かれ、大きな耳が天井に向かって立ち上がる。

「これは……フェリシアが刺繍したのか」

「はい。マグノでは友人や家族に刺繍したハンカチを贈る風習があります。……私は貴方に出会えて、本当に良かったと思っています。アルノー様、これからもよろしくお願いいたします」

アルノシュトを表す狼と小さな五本の薔薇。薔薇は本数で意味が変わるが五本の薔薇は〃あなたに出会えた心からの喜び〃だ。私はこの政略結婚を前向きに捉えることができている。その意思を伝えたかった。

「……そうか、マグノではそういう文化なのだな。ヴァダッドで刺繍入りのハンカチを贈るのは愛の告白になる。俺以外には贈らない方がいいな」

「まあ……ミーナにも贈ろうと思っていたのですけれど」

「ミランナか……そういう文化だと説明して贈ってもいいが、親しい相手に送るなら腰帯に刺繍してやればいい。とても喜ぶだろう」

箱の中の刺繍を傷付けないようにそっと撫でる指先に目を吸い寄せられた。彼の後ろでぱたぱたと尻尾が振られている。愛せないと言っているのに愛の告白をされたと思って驚いたが、他意がないと分かって純粋に喜んでくれた――ということろか。

「フェリシア、ありがとう。……こんなに美しい刺繍を貰えるとは思わなかった。嬉しい」

「喜んでいただけてよかったです。また贈らせてくださいませ」

「ああ。……大事にする」

彼は箱から取り出したハンカチを懐に仕舞って、柔らかい表情を見せた。口元がはっきりと弧を描くわけではないがこれがアルノシュトの笑顔なのだと私は思っている。

「……宴の時、ウラナンジュが言っていたことを覚えているか？」

「ええ」

「俺が話したいのはそれについてだ。……俺はもう誰も愛せない。狼族は生涯、ただ一人しか愛することができないからだ」

その言葉でようやく、アルノシュトが結婚したその日に「貴女を愛せない」と口にした理由が分かった。彼は過去に誰かを愛し、そしてその口ぶりから察するに——その相手を何らかの理由で失ったのだと。

「俺がまだ、大人になる前のことだな。その時の俺は、誰かを傷付けるために強くなるのが嫌でよく訓練を抜け出していた」

それから彼はゆっくりと、穏やかな声で語ってくれた。

少年時代のアルノシュトは国境警備を取りまとめるバルトシーク家の跡取りとして、戦闘訓練に参加しなければならなかった。魔獣の動きを学び、それを敵と想定した訓練ならともかく、対人訓練となれば逃げだしていたという。その場合の仮想敵はもちろん〝マグノの魔法使い〟である。

彼は人の寄り付かない秘密の場所で時間を潰し、訓練の時間が終わる頃に帰っていた。ただある時からその場所は、とある人と交流する場となったという。

「不思議な人でな。俺の価値観をことごとく壊してくれた。訓練から逃げる俺を周りは臆病者だ、軟弱だと罵《ののし》っていたし、俺自身もそう思っていたんだが……」

私はふと、昔文通していた兵士が似たようなことを手紙に書いていたと思い出した。人を傷付けたくないと思う気持ちは決して弱さではない。それは、大事に持っていていい優しさだ。

「そんなことはありません。……アルノー様は優しいのです」

「ああ。……その人もそれは弱さではなく優しさだと言ってくれた。当時の俺にとっては救いの言葉だったな」

マグノでもヴァダッドでも、相手を傷付けたくない、戦いたくないと思う人間がいるのだ。そんな彼らが刃を交え、傷付いたり、傷付けたりしなくていい平和な国。それが今の私の目指す場所である。

……改めて思う。アルノシュトや、あの時の兵士が戦う未来など絶対に訪れてほしくないと。

「ただ、その人は……突然北端へと行くことになった。また会う約束と、俺に……愛の告白をして。俺はその人が帰ってきたら返事をしようと、そう思っていたんだが」

それはとても甘く情熱的な話である。しかし、すっかり萎《しお》れてしまった耳と尾を見ればその結果は決して良いものではなかったのだと分かってしまう。

「……会えないまま、ということですか」

「ああ。……そのあとすぐ、北部では魔獣の大繁殖と暴走が起きてな。大勢の人間が死んだ。俺は……その人を探して北部へ行った。魔獣狩りの部隊に所属して、魔獣を駆除しながら三年間ずっと……」

戦いが嫌いなアルノシュトはどうやらそれで〝英雄的軍人〟となったらしい。ヴァダッド北部を移動しながら魔獣を狩る日々を過ごし、どこかに大事な〝その人〟がいないかと探し続けた。最悪を想定しながら、諦めきれずに。

「どこにも……その人のにおいは残っていなかった。だから、きっともう……遅かったんだ」

アルノシュトは鼻の利く狼族である。彼の鼻で見つけられないなら、もういない。死体は見つからない可能性が大きい。……魔獣は人を食う獣だから。

彼はそうして、大事な人の生存を諦めることになった。

「その人がもういないとしても、狼族の俺はその人以外を……番として愛せない。だから、フェリシアのことを愛せないんだ」

狼族は生涯に一人きりしか愛することができない。それが叶わなければ繁殖の本能すら消え失せて、子供を作れないらしい。彼が私に言った「愛せない」という言葉はそういう意味だったのだ。

「話すのが遅くなってすまない。俺としても……あまり口にしたくないことでな。貴女に心労をかけているだろうと思ってはいたのだが……」

「いえ……それは、致し方のないことです。むしろ、こうして話してくださったことを嬉しく思います」

一生に一度だけ得られる恋。その相手を、アルノシュトは失くしてしまったのだ。思い出すのも辛いだろうし、打ち明けにくいのも当然である。

私もその話を聞いてすとんと胸の中に落ちるものがあった。彼の言動に納得できた、というべきか。

彼は私のことを人としては愛してくれているのだろう。けれどそれが男女の、夫婦の情に変わることは決してない。……そういうことなのだ。この先彼がどんな愛情表現を見せてくれたとしても、それは私を〝一人の人間として〟愛してくれているということ。

（それが今、分かってよかった。……貴方に恋をしてしまっては、いけないもの）

最近の彼は随分と好意を寄せてくれていたから「愛せない」と言ったのに何故なのかと疑問に思っていた。その疑問に答えが出たのだから、きっと。彼に愛情を示される度に乱れていた胸のざわめきも、収まるだろう。

「しかし……貴女はきっと、俺以外の花嫁になっていれば深く愛されただろう。今日の宴だけでもそれが分かった。……本当にすまないと、思っている」

「謝らないでくださいませ、アルノー様。……私は構いません。人として、家族として想ってくださるなら、それで充分です。以前にも申し上げた通り、私は妻として愛されることは望んでいません」

私の目標に夫婦の情は関係がない。アルノシュトと共に手を携えて未来を変えていく。そこには男女の仲などあってもなくても変わらない、どちらでもよいものだ。

きっとアルノシュトは私が「愛されることを望まない」と口にする度に安心したのだろう。どうしても私のことを愛することができないのだから。

「俺は貴女を人として、家族として……好いているし、信じている。だから、これを」

彼の差しだした手にあったのは私の魔力を封じる首枷の鍵だ。私を信用できるまで預かっていてほしいと頼んだものである。

「……よろしいのですか？　私が魔法を使えば及ぼせる影響は、本当に大きいのですよ」

これを外せば私は今までのように人の手を借りる必要がない。身の回りのことは自分でできるようになるし、できることが増える。……そしてそれ以外のこともできてしまう。街一つ焼け野原にするくらい訳ない程度には、私の魔力は多いのだから。

「貴女ならその力を、誰かを傷付けるためではなく守るために使うと思ったんだ。……貴女はそういう人だと、信じている」

「アルノー様……」

「それにこれを外せばフェリシアは自分の身も守れるようになるだろう? 明日からはもっと自由に過ごしてくれ。……今まで窮屈な思いをさせてすまなかった」

立ち上がったアルノシュトが私の背後に立つ。彼が鍵を外しやすいよう、私は己の長い髪を片手で避けて首を晒《さら》した。小さな鍵に少し苦労しているらしい雰囲気が伝わってきて、結婚式の後にボタンを外してもらったことを思い出し、つい笑ってしまう。

「フェリシア……動かれると外しにくいんだが」

「ふふ、申し訳ありません。ゆっくりで構いませんので」

「……貴女は本当に明るいな。こんな状況でずっと笑っていて」

金属同士がこすれる小さな音で鍵穴に上手く鍵が刺さったのだと分かる。ようやくこれが外れることに、私も少し安心した。

「俺はきっと、もっと早く貴女に出会えていれば……貴女に恋をしたんだろうな」

予想外の、とんでもない言葉が降ってきた。胸の詰まるような息苦しさは、首枷が動いて少し首が絞まったせいだ。カチリと音を立てて外れた銀の枷を摑んでゆっくりと降ろす。

「その言葉だけで充分です。私も貴方に恋することはないですけれど、親愛の情を深く抱いておりますし……この先もそれは変わりません」

アルノシュトも私も、お互いを異性として愛することはない。ただ、仕事仲間として、友人として、家族として。恋愛とは違うけれど、等しく大事な愛を育めばいい。愛にはいくつも種類がある。そのどれか一つが特別素晴らしいというわけではないのだから。

（……心地好いはずなのに変ね、なんだか落ち着かない）

抑えられていた魔力が体を巡る。氷の魔法がかけられた部屋から暖かな日差しの下へ出た時のような、凍える体が解されるような感覚。本来なら安らげるはずなのに、心の中が穏やかでない。

全身をゆっくりと巡っていくそれを無言のまま感じていたのだが、ふと。アルノシュトが私の背後で全く動いていないことに気が付いた。鍵を外してから数分経過している。魔力の巡りを待っていた私はともかくアルノシュトが身動き一つしていないのは何故だろう。

「アルノー様……？」

首だけで振り返る。アルノシュトは鍵を外したままの恰好で固まっていて、私が声を掛けると勢いよく片手で鼻と口を覆った。放り出された鍵が床に転がる音が響く。

灯された火はアルノシュトの表情がはっきり分かる程明るくないけれど、火の色のせいなのか肌が赤く染まっているように見えた。耳と尾が大きく膨らんでいることだけはぼんやりとした輪郭《りんかく》から察せられたが、唸り声が聞こえないので怒っているわけではないだろう。……何かに酷く驚いている、という感じだ。

「あの、どうかされましたか？」

「ッすまない……！　これ以上は無理だ……！」

目にも留まらぬ素早い動きでアルノシュトが部屋を飛び出していった。残された私は訳も分からず彼が出ていった扉を見つめて呆然とするばかりである。

「……一体、何が……？」

床に落ちた鍵を拾い上げ、首枷と共にテーブルの上に置いた。これを外した途端、アルノシュトの様子がおかしくなった。私の変わったところといえば抑えられていた魔力が外に出るようになったくらいだ。となれば彼の様子を一変させたのは私の魔力が原因としか考えられない。

出会った当初、アルノシュトは魔道具である首枷に嫌悪感を覚えていた。もしかして獣人は〝魔力〟を本能的に拒絶してしまうのだろうか。

（そうだとすれば……私は、魔法使いは、魔力を封じなければ獣人と親しくなれない……ということ？）

ほんのりと揺れる炎で鈍く光る銀の装飾を見つめる。これがなければ今まで積み上げてきたものは無駄になってしまうのだろうか。枷をはめなくては、どちらかが不自由でいなくては、獣人と魔法使いは親しくなれないのだろうか。

「こいつはすごい香りだな」

「ッ……シンシャ？」

「よう、フェリシア。さっきはいい宴で……ってなんて顔してんだ。魔法使いはほんとに表情豊かだな」

私はどんな顔をしているのか。きっと、情けない顔に違いない。ピシャリと己の頬を叩いて感情をリセットする。すると何故か両手を摑まれた上に「何してんだ！」と近くで大きな声がしたので驚いた。

シンシャは扉の前にいたはずだが、獣人の身体能力で目の前まで飛んできたらしい。私の手首を摑み、細くなった瞳孔で私の顔を覗き込んでいる。

「気合いを入れ直しただけなのだけれど……」

「……なんだ、驚いた。魔法使いはそうやって気合い入れんの？　怪我は……ああ、爪がないからしないのか」

そう言ってパッと手を離す。たしかに獣人の長い爪があれば、今の行動で怪我《けが》をしてもおかしくはない。シンシャはそれで慌てて駆けてくれたのだろう。……やっぱり彼は優しい人だ。

「驚いたのは私の方だわ。……ふふ、でもありがとう。心配してくれたの……してくださって」

「別にいい。……その丁寧な言葉遣いも、無理して使わなくていいしな」

驚いたせいで乱れた言葉遣いを直そうとしたのだが、このように言われて丁寧な言葉遣いを続けるのは逆に失礼となりそうなので素直に頷く。

「アルノーはお前の香りに驚いただけだ。俺たちより鼻が利くからな、狼族は」

「私の香り？」

「自覚ねーの？　……酔いそうなくらい、こんなに香るのに。さっきまでお前はこんなにおいしなかったっていうか、そもそもほとんどにおいがなかったんだけどな」

もしかしてそれは魔力の香りだろうか。魔力を今まで封じられていたから分からなかったもので、シンシャの口ぶりではかなり強い香りらしい。……私の魔力が多いからかもしれない。

だがどうやら悪臭ではないらしく、シンシャの尻尾は機嫌がよさそうに揺れている。

「どんなにおいがするの？」

「美味そうなにおいだよ。……だからフェリシア、男と二人きりになるなよ？　特に肉食系の獣人はダメだ。噛みつかれるぞ」

それはつまり、物理的に食べられるということだろうか。さすがに生きたまま食べられるのは嫌だし、魔法で抵抗するとは思うが、それが戦争の火種になってもいけない。真剣に頷いた。

「あ……でもシンシャはいいでしょう？　もう少しいてくれないかしら。いつもはアルノー様と眠る時間までお話しするんだけど……今日は戻ってきてくださるか分からないから」

「…………信頼が痛ぇなぁ……」

シンシャは不思議なことを言いながら軽く頭を掻《か》いた。しかし乱暴に椅子に座って、背もたれにだらりともたれかかる。どうやら話し相手になってくれるらしい。

翌日になればアルノシュトも元に戻るだろう。そう思っていたが——翌日も、アルノシュトの様子はおかしいままであった。

アルノシュトはフェリシアのことが好きだ。明るくて、よく笑って、しかし穏やかで、その楽しげな声が耳に心地よく響く。妻として——番として彼女を愛せないでいるアルノシュトにそれでも「家族です」と言ってくれた。

彼女に感じる愛しさは番に対するものではない。「またいつか」という言葉と共に残されていた刺繍入りのハンカチから漂う甘くとろけるような香りに思考を奪われ、相手を強烈に求めたくなったあの感覚とは違う。本能的にこれ以上はまずいとすぐに遠ざけたが、たった一瞬でもあれは狂おしい程の欲を覚えた。しかしフェリシアに対してあるのは大事に守りたい、笑っていてほしいと願う感情で、過去に父や母に抱いていた愛情に似ている。……家族への親愛だ。

(本当に、魅力的な人だ。これから先……誰かに求愛されることも、あるのだろうな)

宴でのシンシャの言葉と、彼女の指先に唇を寄せ愛情表現をしていたウラナンジュを思い出す。あれはまだ親愛だとしても、初対面だ。彼は二年ほど前に妻を亡くしている。番を失い一人となった梟は新しい番を探す習性があり、共に過ごせばフェリシアへ好意を寄せる可能性は高い。……だから気に食わないのだが。まず彼はフェリシアに礼を失した態度を取ったことを謝るべきだ。

本来、一夫一妻の種族の番に求愛などするものではない。だがアルノシュトはもう誰も愛せないことを公言している。詳細はシンシャにしか話していないが、狼族が「愛せない」と言うなら理由は一つだ。他の獣人たちはアルノシュトが花嫁として迎えたフェリシアを愛せないことを理解している。

それならばと愛を囁きたがる者はいるだろう。この国にはまだ、魔法使いという種族の婚姻制度が定まっていない。フェリシアには重婚が許される可能性もある。

（異種族婚の場合はそういうことがあるからな……一般的な家庭なら、一人しか愛せない種族の方が不幸だが……）

種族が違っても子供はどちらかの種族として生まれる。異種族恋愛をし結婚をする者も少なくはない。だが、結婚制度が違う種族同士だと、夫は複数の妻を持つが妻は夫しか愛せずに嫉妬《しっと》で苦しむ——なんてことも起こりうる。

フェリシアの場合は伴侶に愛されていないことが分かっているので、それならばと好意を寄せる者は様々な種族に現れるかもしれない。ただ、彼女の話ではマグノ国は一様に一夫一妻制であり、他に夫を持つ気などないようである。ならば彼女に好意を寄せようとする者を、彼女を煩《わずら》わせないために排するのが、愛せない夫としてせめてもの役目だろう。

アルノシュトは家族としてフェリシアを愛している。信じている。それを自覚した時、すぐにでも枷を外したくなったが、彼女自身がアルノシュトの信頼を納得できる機会が欲しかった。

元敵国へ力を封じて赴き、信頼を得たら外してくれと言ったフェリシア。その覚悟は軽々しく扱うべきではない。アルノシュトが彼女に好感を抱いたから外すのではなく、彼女の行動がヴァダッドに害をなさない証明ができた時であれば周囲も、何よりもフェリシア自身が解錠を納得できると考えた。

（この宴は、間違いなくフェリシアの成果の一つだ。王にもいい報告ができる。……これなら誰も文句は言うまい）

逸る気持ちを抑え、宴が成功に終わるこの時をずっと待っていた。大きな仕事をやり遂げた今なら首枷を外しても、彼女の覚悟を踏みにじることにはならないだろう。ようやく不自由な枷を外してやれることに、喜びすら覚える。

（フェリシアは優しいからな。強い意志を持ちながら穏やかで、あんな態度を取ったウラナンジュですら受け入れる懐の広さがある。……俺の話も、きっと笑わずに聞いてくれる）

そういう彼女だからこそ詳しく話せると思った。まずはフェリシアが最も気にしているであろう、アルノシュトが彼女を番として愛せない理由を話す。彼女はそれを真剣に聞き、受け入れてくれた。それに安堵しつつ、次はシンシャにしか話せていない秘密を打ち明けよう。そう思いながらまずは彼女の首枷を外す。

「俺はきっと、もっと早く貴女に出会えていれば……貴女に恋をしたんだろうな」

それは心からの本音だった。フェリシアは素敵な女性だと思う。こんなに素晴らしい人を愛せないのだから、狼族の本能とはどうしようもない。

それでもアルノシュトは実際に会ったこともない、ただ文通をしていただけの相手の香りに惹かれてフェリシアを愛せないのだと。彼女ならそれを言っても馬鹿にしないだろうと思い「本当はその人に会ったこともないんだ」と言葉にしかけたところで彼女の枷が外れ、狂おしいほど懐かしい香りがアルノシュトを包んだ。

(まさ、か……)

本能的な欲を掻き立てる香りを忘れるはずもない。全身の毛が逆立ち、血が沸騰するようであった。

ずっと、その相手は獣人だと思っていた。六年前まで国境の大木の洞の中に手紙を置き、やり取りをしていたその人は――同じヴァダッドの人間だと、思っていた。まさか隣国の魔法使いだったなんて、考えもしなかった。

国境から正反対の地に行かなければならないのだといなくなったその人がマグノの魔法使いであったなら。国境から遠く離れたヴァダッド北部でいくら探したとて、見つかるはずもない。……まさしく反対側に、いたのだから。

「その言葉だけで充分です。私も貴方に恋することはないですけれど、親愛の情を深く抱いておりますし……この先もそれは変わりません」

奇跡的な再会に夢心地でいたアルノシュトの頭に金槌でも振り下ろされたかのような衝撃が走る。

散々貴女を愛せないのだと宣言して、それを受け入れてもらい、受け入れられたことに安堵し、喜んできた。それを、今更。貴女だったのだと、やはり貴女を愛していると、どの口が言えるのだろうか。

しかし頭が冷え切っても体の方はそうもいかない。長年探し求めていた相手を見つけて、歓喜してしまっている。身動きできずに固まったままでいるとフェリシアが振り返った。彼女の香りがふわりと舞って――限界だった。思わず部屋を飛び出して、隣の自室に逃げ込んだ。

「うわ、驚いた。…………なんだそのにおい」

中には勝手にソファでくつろいでいたらしいシンシャがおり、飛び込んできたアルノシュトに尻尾を立てて驚いている。そして彼も、ほんのりと自分が纏《まと》って連れてきてしまったにおいを嗅ぎ取ったらしい。

「フェリシアの、香りだ。魔力を封じる、枷で……っ分からなか、た……フェリシアが……あの人、だった……ッ」

「あー……やっぱり？」

やっぱりとはなんだ。知っていたのかお前。声にしようとしたができなかった。彼女の香りに気づいてから無意識にほとんど呼吸を止めていたため、息が乱れて話すどころではない。

「国境に文通しに来てたって言うからもしかしてとは思ってたんだけどな。お前が香りに反応しないから半信半疑だったけどさ」

それを早く言え。そう思ったが確信が持てないのに話して、アルノシュトが希望を抱いてしまって、それが間違っていた時の絶望を考えれば言えなかったのだろうと思い直す。だが、しかし。……おかげでアルノシュトは今まで随分と酷い言葉をフェリシアに掛けていたと、思う。

（こんな、気持ちだったのか……？）

「貴方に恋をすることはない」とフェリシアは言った。散々アルノシュトが繰り返した言葉への返事だ。彼女にそう言わせたのは、自分の言葉と行動だ。すべて自分が悪い。胸に重苦しくたまるものは、拒絶に対する悲しみは、多少なりともフェリシアも感じていただろう。……なおさら、愛の告白などできはしない。それはあまりにも自分勝手だ。

「俺は……どうしたら……」

「まあしばらく頭を冷やせよ。俺はフェリシアに声かけてくるわ。……お前がいきなり出てって驚いてるだろうしな、説明してくる」

「待て、フェリシアには何も言わないでくれ」

「分かってるって。上手いこと言ってくるからまあ、任せとけよ」

シンシャが部屋を出て行ったあと、アルノシュトは深いため息を吐いた。まだ頭が混乱しているのも事実だ。思考や感情を整理する時間は必要である。

呼吸が落ち着いても心臓の鼓動はまだ速い。何かに急かされるように、ずっと大事に仕舞いこんでいた物を取り出した。

古くなりはじめた紙の束と鈴蘭の刺繍がされたハンカチ。訓練から逃げ出して国境で時間を潰していたアルノシュトは、ある時母親の形見であるお守りを落としてしまった。それに気づいたのは家に戻ってからで、あたりはすでに日が落ちている。しかも悪いことに、その日は夕暮れ時から翌朝まで雨が降り続いた。お守りは酷く泥にまみれてしまっているだろうと、悲しく気持ちが沈む。

翌日慌てて探しに行けば大木の近くに白いハンカチで簡易的に作られた旗が立てられていて、嗅《か》いだこともないような良い香りのするそれには、インクでも墨でもなさそうな変わった塗料で文字が書かれていた。

『落とし物は洞の中に入れてあります』

大木には子供一人なら入れそうな穴が開いている。その洞の中に小さなバスケットがあり、開けばそこにはアルノシュトの探しているお守りがあった。誰かが拾って、汚れぬように濡れぬようにとこうしてくれたのだろう。

バスケットの持ち主が戻ってくるはずだと、アルノシュトはそこに礼を書き記した手紙と旗にされていたハンカチを残し――それから、次に来た時には別の手紙がバスケットの中に入っているのを見つけた。そこから二年の間、謎の恩人とアルノシュトは文通を重ね、会ったこともないというのに深い親しみを覚えるようになった。

（どんな獣人だろうと、思っていた。……あの頃フェリシアはまだ、子供だったわけか……同年代か少し上だろうと思い込んでいたんだが）

子供の頃は癖字だったと彼女が言った。アルノシュトはその拙い文字を獣人の筆跡だと考えていた。アルノシュトはバルトシークの跡取りだ。それを知られてはならないと自分を特定できることは避けて手紙を書いていた。それは恐らくマグノの貴族であるフェリシアも同じだったのだ。

お互いに正体を隠そうとした結果、立場も身分も知らぬまま心だけを交わして二年が過ぎた頃だった。

『国境とは正反対、国の端に行くことになったから暫くここには来られないの。またいつか戻ってくるから、それまでどうかお元気で。それからこのハンカチは貴方への気持ちです。受け取ってくれたら嬉しい』

そんな手紙と共に贈られた刺繍入りのハンカチを、アルノシュトは愛の告白だと思った。職人になれるくらいに美しい刺繍で、アルノシュトのために懸命に作ってくれたのだと。しかしマグノの文化で考えればそんな特別な意味ではなく、離れることになった友人への贈り物でしかないのだろう。

時折、大木の付近では微かに彼女の香りが残っていた。そのハンカチからはその香りを強く感じ、アルノシュトの体はそれに反応してしまった。その瞬間、自分が会ったこともない手紙の主に恋をしていたことに気づいてしまったのだ。だからその人が戻ってきたら「俺も貴女を想っている」と返事をしようと考えて――。

(何もかもすれ違っていたわけか。……もっと早く気づいていれば、こんなことには……)

明日からどんな顔をしてフェリシアに会えばいいのか分からない。一時間ほどしてシンシャが戻ってきても、アルノシュトは全く冷静になれてはいなかった。

「フェリシアは風呂入って寝るってさ」

「それなら湯運びを手伝わなければ……」

「いいや、魔法が使えるから自分でできるってよ」

そういえば、そうだ。魔力を封じる枷を外したのだから彼女には自由が戻った。もう幼子のような扱いを受けることもない。生活の不自由さが改善された。……これまで、彼女には本当に不自由をさせていたのだと改めて思うと自分が情けない。

「よかったじゃねぇか。ずっと探してた人、見つかって」

「それは、そうだが……俺の今までの行動がな……」

「まあ……そこはお前が頑張るしかねぇけどな。俺は応援くらいしかできないぞ、お前とフェリシアの問題だ」

シンシャの言う通りだ。アルノシュトはフェリシアに謝らなければならない。翌日、決意して彼女の部屋の前に立った。しかしなかなか声を掛けられないでいると、内側からその扉が開いてフェリシアが姿を現す。同時に、その香りも強く辺りに広がった。

「アルノー様、おはようござい……ます……？」

困惑したようなフェリシアの表情。背後では空を切る音がする。……アルノシュトの尻尾は全力で喜びと興奮を表しているようだった。

四章　再開、再会

　昨夜の宴は成功した。その後アルノシュトから「もう誰も愛せない理由」を聞いて、私も彼をそういう意味では愛さないと心に刻んだ。そして信用の証として首枷を外してもらい――彼はこの部屋を逃げ出した。シンシャによればそれは、私の魔力の香りに驚いたからだという。……そんなに臭うのか、と自分を嗅いでみても分からない。獣人だけが嗅ぎ取れるにおいなのかもしれない。

　朝の支度を終えて、そういえばもう外に出る許可も貰ったのだと思いだし、今日は自分でアルノシュトの部屋を訪ねてみようと自室の扉を押し開く。すると扉の前に立っていたアルノシュトと目が合った。どうやら丁度声をかけようとしていたようだ。

「アルノー様、おはようござい……ます……？」

　銀灰色の尻尾が見たこともない勢いで振られている。ブンブンと音がするほどに。まるで飾り切りを前にしたゴルドークのようだと思いながら彼の顔を見上げた。

「……おはよう。今日は……一緒に、食事できそうにない。料理は厨房に、用意してあるはずだ」

「……分かりました。……大丈夫、ですか？」

　彼の表情も声もいつも通りだ。ただその顔は赤みを帯びて、尻尾は忙しないままである。様子が明らかにおかしい。

「っ……では、またあとで……ッ」

どうやら大丈夫ではなかったらしい。片手で顔を覆いながら隣の部屋に戻っていく姿を見送って、なんだか寂しい気持ちになる。結婚してから朝食を一緒に摂らないのはこれが初めてだ。

とぼとぼと一人で厨房へと向かった。扉を開く前に声をかけてから入室したのに、中で作業中だったゴルドークはかなり驚いたようで固まっていた。

「フェリシア……なんの香り、ですか？」

「私の香りのようです。……今まで魔力を抑えていたのですが、許可をいただいて……戻したのですけれど」

ゴルドークにどこまで話してよいか分からずに濁《にご》した。しかし素直な彼はそれで納得したようで「そうですか、いい匂いがします」と言って頷いた。彼の白い尾はアルノシュトと同じように振られている。そして彼の作業中であったものも見えた。……少し歪な、ウサギの形をしたリンゴがそこにある。

「飾り切りの練習ですか？」

「はい。……僕はフェリシアのように器用にできませんが、どうしてもやってみたくて」

「私も最初はできなかったではありませんか。練習あるのみ、ですよ。……よかったら今日の朝食のデザートにいただけますか？」

「はい！」

ゴルドークは表情が硬くてもとても分かりやすい。尻尾だけではなく、行動も素直だ。アルノシュトの尻尾だって喜んでいるように見えたけれど、彼の気持ちはよく分からない。

そのまま部屋に戻って一人で食事を摂り、刺繍する気も起きずにぼんやりと過ごしているとミランナがやってきた。彼女は部屋に入るなりうっとりとした様子で私に頬ずりしにくる。

「この部屋すごくいいにおい……フェリシアもいいにおい……」

「……そんなに匂いがするの？」

「うん。すっごく」

ミランナはわざわざ抱き着いて私の香りを嗅ぐくらいには好ましく思っているらしい。シンシャの話では狼族の方が鋭い嗅覚を持つという。私は今、溜まっていた分の魔力が垂れ流しになっているのでかなり〝香りが強い〟状況になっているのだろう。良い香りだとしてもそれが強くては気分も悪くなるものだ。

アルノシュトが私やこの部屋に近づけないのは仕方のないことかもしれない。しかし香りが籠《こ》もっているらしいこの部屋には換気をする窓もない。……私がいてはアルノシュトが近づけなくなる一方だろう。

「ミーナ、散歩に出かけない？」

「あ、そっか。あれ外したからもういいんだね！　いいよ、行こう」

せめて香りが薄れるように外で過ごすべきだと思った。ミランナも賛成してくれたが、私に抱き着いたまま離れる様子がない。ごろごろと喉を鳴らしながら機嫌が良さそうに頬ずりしてくる。

彼女が満足するまで数分待ってから二人で屋敷を出た。部屋の扉と最も近い廊下の窓を開けてきたので多少換気になるだろう。

「散歩、どこに行こっか。フェリシアは外、初めてだもんね！」

「そうね……国境へ行きたいわ」

「国境？　散歩にはちょっと遠いけど、なんでそんなとこに？」

「昔、お友達と手紙をやり取りした場所があるの。もう六年も前の話で……あの人も待ってはいないかもしれないけれど、見に行きたいの」

マグノでは十二歳から十八歳までの六年間、学院で学ぶのが貴族の決まりだ。私は入学前に手紙だけの友人に国境から遠く離れることを伝え、再びまた出会えることを、そしてその再会の喜びが訪れるように願って鈴蘭《すずらん》の刺繍のハンカチを贈った。あれから一度も訪れることがなかったけれど、もしかしたらあの時の返事が残っているかもしれない。それを確認したかった。

「それ、詳しく聞きたい！」

目を輝かせて尋ねられたら話すしかない。国境の大木までの道すがら彼女に話した。落とし物を見つけてから手紙のやり取りが始まったこと、自分の正体を隠して二年もの間文通をしていたこと。

（それにしても歩くのが早いのね……ミーナが、というより獣人は皆早いのではないかしら）

彼女の歩みに合わせるため、私は自分の体に身体強化の魔法をかけている。素の身体能力が高いだけでなく体格も違うので歩幅にも大きな差があり、魔法がなければ速度を合わせられなかっただろう。アルノシュトの隣を歩く時には気にならなかったから、彼がかなり私に合わせていてくれたのだと思う。

（やっぱり優しい人。……早く、またお話しできるようになりたい）

こうして魔法を使っていれば垂れ流しになってしまう魔力も早く消費できるはずだ。魔力だけは豊富にあるおかげで、小走りのようになりつつ会話をしても、二年間の思い出を語り終わるまで呼吸が乱れることはなかった。

「とっても素敵な恋物語だね！」

「ただのお友達よ？」

「フェリシアはその時子供だったけど、相手は分からないじゃん。恋をしてたかもしれないよー。しかも別れ際にはハンカチ。これはもう、恋物語の定番だもんね！」

そういえば獣人の文化では刺繍入りのハンカチを愛の告白に使うのであった。ヴァダッドではそれが恋物語になるのだろうけれど、私が相手をしていたのはマグノの兵士であって、ヴァダッドの獣人では——。

（もしや……ヴァダッドの兵士、という可能性は……）

今まで疑問に思ったことがなかった。相手が戦闘訓練をしているというから、辺境伯である父の軍隊に所属する兵士だと思い込んでいただけということはないだろうか。

人間は端的な情報を得た時、それを身近なもので考えてしまうものだ。アルノシュトが毎日兵士を鍛えに出かけるのだから、近くにヴァダッドの兵士の訓練所もあるのかもしれない。そこの兵士だった可能性もあるのではないかと今、思い至った。

そうだとすれば勘違いをさせて——六年も待たせているということもありうる。不安になってミランナの手を取った。

「ミーナ、少し急ぎたいの。跳んでもいい？」

「飛ぶ……？　うん、鳥族みたいな感じかな。大丈夫だよ」

「空を跳ねる風魔法よ。私の手を離さないでね。最初は私が支えるから安心して、空を蹴ってみて」

自分とミランナに魔法をかける。一歩踏み出す度に足元には風の壁が出来上がり、体を弾くだろう。これは貴族令嬢が使うべき魔法ではないが、子供の頃国境まではよくこれで跳んだものだ。

強く吹き上げる風が私とミランナの体を木よりも高い位置へと運ぶ。「わ！」と驚くミランナの手をしっかりと握って、私は宙へと足を踏み出した。

「うわー！　鳥族の空と全然違う！　たーのしー！　兎族になった気分！」

「獣人はやっぱり、慣れるのが早いのね。手を放しても大丈夫そう」

私の足元を見て自分で一歩足を出したミランナはそれでもう感覚を掴んだようだ。子供の頃にこの魔法を教えられ、ほとんどの魔法使いは必ずと言っていいほど一度は転ぶのだけれど獣人にその心配はないらしい。手を放せば辺りをぴょんぴょんと楽しげに飛び跳ねている。

「これが魔法なんだね、フェリシア！　いいなぁ、魔法使い！」

「ふふ。でも私は、獣人のその身体能力も素晴らしいと思うの」

獣人に魔法を使ってその身体能力をさらに高めれば、その効果は絶大となるだろう。空で跳ねながら踊り、舞っているようなミランナを見て思う。魔法使いの魔法と獣人の身体能力が合わされば今までとは違う魔法の使い方ができて、魔法がさらに発展するかもしれない。

「あ、あの木かな？　国境の大木！」

「ええ。間違いないわ」

空を行けば障害物もなくまっすぐと目的地へ向かうことができる。遠目からでも分かるほどの巨木が見えて懐かしい思いが込み上げてきた。子供の頃の私にとって、あそこで過ごすのは大事な時間だった。良い思い出の場所である。

「ミーナ、降りるからこっちに」

「はーい。……でもちょっと残念、すごく楽しかった」

「屋敷までもこの魔法で帰りましょう？」

「うん！　ありがとう、フェリシア！」

目を細めるミランナの手を取り、魔力を少しずつ弱めていく。そうしてゆっくりと巨木の前の地面に降り立った。

さっそく巨木の洞の中を覗いてみる。私が入れた古びたバスケットはそのままで——その蓋《ふた》をおしあげるほど、そこには手紙が詰まっていた。

「わ、たくさんあるね」

「そうね、驚いたわ。……ここで読んでもいい？」

「うん。待ってるし、なんなら邪魔者が来ないように見張っておく！」

「……ありがとう」

こういう気遣いの上手さは兄妹共にありがたい。私は木の根元に座り込んで、バスケットに詰められた手紙を一つずつ開いた。

一番上にあった手紙はまだ新しく、最近入れられたように見える。そこに「結婚することになった」

という短い一文があってひとまずほっとした。どうやら私の刺繍入りのハンカチを愛の告白だと思って待ち続けたわけではなさそうだ。

（……でも……とても、心配してくれたのね）

山のような手紙のほとんどが一言二言の短い内容だった。しかし彼は元々長文を書く人ではないし、短い言葉のからは私の身を深く案じていることが伝わってくる。学園に入ってからは外に出ることがなかったので一切連絡が取れなかったのだ。……とても申し訳ない。

『あなたが心配だ』『どうしているだろうか』『あなたと話せなくて、寂しい』そんな短い文から私への親愛を感じて、胸がぎゅっとする。すべての手紙に目を通した後、私はなんだか――この手紙の主に会ってみたくなった。

（私のハンカチを愛の告白だと捉えたような手紙はなかったし……やっぱり、マグノの兵士だったのね。よかった。愛の告白をして六年も待たせるようなことをしたわけではなくて）

アルノシュトのことを思い出す。彼は愛の告白をされて、そして彼もその相手を愛してしまっていた。それなのに、その相手は二度と帰ってこないと知ってしまったのだ。……きっと、とても辛かっただろう。

（ひとまずこの方に私の無事を知らせなくては。私は、ちゃんと生きていると）

ヴァダッドの文化を知った時にいつでもメモができるよう持ち歩いている紙を取り出す。六年ぶりに、その人へと手紙を書いた。

『久しぶり、結婚おめでとう。心配をかけてごめんなさい。ようやくこの辺りに戻ってこられたの。

たくさんのお手紙をありがとう。またあなたとこうしてお話しできたら嬉しい』

そう書き残してバスケットと共に洞の中へとしまった。彼からの手紙は全部大事に抱えて、持って帰ることにする。

「ミーナ、もういいわ。ありがとう」

「そう？　……どうだった？」

「ええ、大丈夫。この人は結婚したみたい。近いうちにまたお手紙を出しに来るわ」

「えー……そっかぁ」

何やら腑《ふ》に落ちなさそうな返事である。しかしまた空を跳ぶ魔法をかければすぐにそんな気分はどこかに行ったようだ。はしゃぐミランナと共に屋敷に戻った。

部屋に戻ったら刺繍をしようと思う。手紙の主に、今まで心配をかけてごめんなさいという気持ちを込めて。カモミールの花を刺して贈ろう。

▲

シンシャは自由な猫族である。何者にも縛られず、己の思うがままに生きる。それが猫というものだ。

そんなシンシャの友人は縛られるものが多い狼族のアルノシュトである。正反対と言ってもいいのに仲良くできるのかと問われれば、不思議と仲良くできていると答えるしかないのが現状だった。

「なーにやってんだよアルノー」

いつもピンと伸ばしている背中を丸め、片手で顔を覆いながら力なく俯いて座っている友人に声をかける。朝からさっそく失敗していたのは聞こえていたので、やれやれと肩をすくめた。

「フェリシアを前にして、あの香りを嗅ぐとダメだ。頭の中が白くなるというか、フェリシアでいっぱいになる。……助けてくれ……」

「お前のそんな情けない声なんて久しぶりに聞いたな。初めての発情期かよ……っていうか、実際にそうか。あー抑制剤が要るな、そりゃ」

獣人は初めて想う相手ができて、強い欲や衝動に駆られる繁殖期の熱を思春期の頃に経験する。それが一般的な話だ。アルノシュトも初めての恋をしたのはその頃のはずだが、何せその相手が目の前にいなかった。狼は想う相手が傍にいなければ欲を覚えない種族だから、その熱は今が初体験のはずである。

衝動的に相手を傷付けることがないようにその時期になったら誰もが抑制剤を飲み、体を欲に慣れさせる。しかし成人して五年も経ってからこれを経験する例はほとんどないし、抑制剤など家に置いてもいないだろう。

そしてフェリシアの香りは廊下まで充満していたのでアルノシュトは自室から出られなかったようだ。

「仕方ねぇ、買ってきてやる。そしたら会話くらいはできるだろ」

「……すまない、シン」

「これくらいで謝るなよ。待ってろ」

すぐに最も近い薬屋に向かい、抑制剤を買おうとすると店主には不思議がられた。自由を好む猫族が欲を抑える薬《こんなもの》を何に使うのかと思っているらしい。

恋に奔放な猫族には〝初めて〟以外にこんなもの必要ない。店主が気にする理由も分かるので肩を竦めながら理由を明かした。不思議な客を気にした店主から妙な話が広まって、最終的にアルノシュトが困ることになってはいけない。

「初恋真っ只中で熱に浮かされちまった友人に持っていってやるのさ」

「はは、そいつは必要だね。初めての熱は自分じゃどうしようもないからなァ」

そう、これは自分じゃどうしようもない。初めての繁殖期は種族問わず薬に頼らなければ衝動を堪えることはできないとされている。そうして一度目をやり過ごせれば、次の時には己の理性で抑えられるようになるのだ。

しかしこれは本来、未発達の体で迎えるもの。大人の体で初めて覚える欲はどれほどの強さだろうか。おそらく自分なら我慢できず、目の前に愛しい相手がいたら押し倒しているだろうな、とは思う。

（夫婦だから問題ないってことにはならないだろうしなー）

政略結婚の花婿と花嫁。互いに愛さないことを宣言済みの夫婦。なかなかに複雑だ。どう考えても正直に話して謝るしかないが、今のアルノシュトは真実を知った衝撃と彼女への罪悪感でいっぱいである。感情が詰まって上手く言葉にできないというのも、あの口下手な友人では無理もない。しかも間の悪いことに今は秋で、狼の繁殖期の真っ只中だ。心を落ち着かせる余裕などないだろう。

（タイミングが悪い。……けど、俺は良かったと思っちまうんだよな。アルノーは一匹狼だと思ってたから）

狼は生涯のうちに一人しか愛せない種族。だからこそ、愛した相手を失えばその者はずっと一人になってしまう。結婚した後に子供が生まれていなければその後は誰とも番えず、家族も持たぬまま一人きりとなる狼族を「一匹狼」なんて呼ぶこともある。

正直に言えば、アルノシュトの元にマグノの花嫁が嫁ぐ話が出た時期待した。花嫁が悪くない性格であれば、番としてでなくても良好な関係を築ければ、彼はまた大事な家族を持てるかもしれないと。妻として愛されない相手には悪いが友人の寂しさがまぎれるなら良いと思っていた。

（その辺は期待以上だった、ってわけで。……あとはこのこじれた関係が修復できれば言うことなし）

アルノシュトが愛する番と共に過ごす幸福を得て、フェリシアが嬉しそうに笑っていて、妹もはしゃいで楽しそうにしている。そんな光景を眺められればとても気分がいいだろう。シンシャとしてはそんな光景の傍でだらりとソファに寝転がることができれば――最高だ。そうなればいい。いや、むしろそうしたい。

シンシャは自由を愛する猫族だ。誰にも縛られない。思うがままに生きる。だから自分が好きなようにしているし、自分がやりたくてアルノシュトに手を貸してやるのだ。

「ん……これは……フェリシアか？」

屋敷に戻る途中どこからかあの芳醇な魔力の香りが漂ってきた。枷を外した彼女は自分の身を守る力を取り戻したため、行動の自由を得ている。屋敷の警備も減らし、手伝いもいらなくなった。……まあそれでもミランナは彼女の元へ通うことをやめる気はないようだ。友人の元へ遊びに行く妹を止める権利はシンシャにもない。

とにかく外出できるようになったフェリシアはさっそく、遠出をしているのだろう。この香りに誘われて妙な奴が寄ってこなければいいのだが。

(方角的には……あっちか。町からは正反対だが……あーなるほど?)

おそらく彼女は国境へと向かったのだ。その目的は想像しやすい。帰ったらアルノシュトに教えてやろうと足を速めた。

(しかし、ほんとに強い香りだな。こんな場所まで届くなんて……今日は風が強いせいもあるだろうけどよ)

ここはバルトシーク領に隣接するヴァージナル領の端だ。つまり梟族の縄張りである。宴でフェリシアに興味を抱いたらしいそこの息子の姿を思い出して、シンシャは己の耳の後ろを掻いた。

(面倒くさいことにならなきゃいいんだけどな)

薬を持ってアルノシュトの部屋へと戻る。部屋を出た時と全く変わらぬ恰好のまま待っていた彼は礼を言いながらその薬を受け取って、さっそく口の中に放り込んだ。

「シン。……すまない、本当に助かる」

「いいって。フェリシアは出かけたみたいだぞ」

「ああ、聞こえていた。ミランナが一緒だから大丈夫だろう。……本当は俺がついていてやりたいが……この有り様だからな」

そもそも傍にいて平静でいられない今では守るどころか襲いかねないという状況だ。薬が効けば以前の通りとまではいかなくても、それなりに接することができるようになるはずである。

「そういえばフェリシアは国境の方に行ったみたいだぞ。例の大木のとこじゃないか？」

「それは……」

「返事、書いてくれてるかもしれねぇぞ」

三年ほど前、想い人はおそらく北部の魔獣災害に巻き込まれて死んだのだと結論が出た後もアルノシュトは手紙を出し続けていた。届かないと思っていてもどこかで希望を捨てられなかったのかもしれない。心の整理をつけるために必要なのだろうと、シンシャはそれに口を出さずに黙って見ていた。

「……この前……これで最後にしようと……結婚するという報告を入れたんだが」

「あー…………まあ、ほら。その方がフェリシアも……安心して返事しやすいんじゃねぇの」

手紙の相手に恋心などないと信じ切ったフェリシアが笑顔で手紙を書く姿が想像できた。そのあたりはおいおい、どうにか誤解を解くとして。文通を再開したことで関係改善のきっかけになる可能性もあるし、悪いことではないだろう。

こちらは相手の正体を知っているのだ。上手くやればどうにか――というのが、この口下手で人付き合いがあまりうまくない友人にできるかはさておき。何かしらの変化が訪れるであろうことは、間違いない。

「……そろそろ訓練の時間だな。終わったら手紙を、とってくる」

「そうだな。頑張れ、アルノー」

シンシャには応援することぐらいしかできない。アルノシュトの代わりにフェリシアに事情を説明するとか、フェリシアが気づくように細工をするとか、そのようなことはしない。それは友人が望まないだろうし、そんなことをするのは何か間違っている気がした。……やはり、アルノシュトが自分で伝えなければ意味のないことだ。

今日できるのはせいぜい、訓練を終えたアルノシュトが大事そうに小さな紙を抱いて戻ってきて、はちきれんばかりに尻尾を振っているのでその話し相手になってやるくらいである。

「手紙、何が書いてあったんだ？」

「まだ読んでいない。あの場でじっくり読んでいるのを誰かに見られて、フェリシアに伝えられても困るからな」

国境に近づく人間などそうそういないはずだがフェリシアの香りに誘われた者が近くをうろつかないとも限らない。だからアルノシュトは新しい手紙を抱いてまっすぐ走って帰ってきたのだろう。

「……フェリシアが恋しい……今日は朝に顔を見ただけだ」

「隣にいるだろ、隣に」

「そうなんだが、夜に訪ねるのは過《あやま》ちを犯しそうだ。明日こそ……話が、したい」

「そうかよ。まあ、今はひとまずその手紙に返事を書けばいいんじゃないか」

そうだな、と返事をして机に向かうアルノシュトに呆れ半分、可笑しさ半分の息を吐く。少なくとも朝よりは落ち着いて元気になったようだ。

明日からはまた、何か起こるのだろう。暫くは泊まり込むか、これからも毎日通って、様子を見ようと思う。

(俺の言った通り面白いことになっただろ、フェリシア)

そんなことを考えながらシンシャは友人の部屋のソファに遠慮なく寝転がった。視界の端で、手紙を開いたアルノシュトが項垂れたり、尻尾を振ったりと感情の起伏に忙しそうなのが見えたが、手紙の内容を聞くのは野暮だと見ないフリをした。

✿

目を覚まして朝の支度をしながら隣の部屋が気になってそちらに視線を向けた。見たところで部屋の主が何をしているか分かるはずもないのに、つい見てしまう。

アルノシュトは宴の後、つまり一昨日の夜から様子がおかしくなり、昨日も朝顔を合わせたきり姿を見せなかった。それはどうやら私の魔力の強すぎる香りが原因で、三か月分の溜まっていた魔力が一気に流れ出てしまい、濃密な魔力の香りが放たれているせいだと思われる。

(アルノー様は……まだ、お話しできないかしら)

ならば今日の朝食も一人となるだろう。食事を厨房に取りに行こうと扉を開くと、昨日と同じようにアルノシュトが立っていた。予想外のことで心臓がどきりと跳ねる。

「アルノー様……おはようございます」

「おはようフェリシア。……昨日はすまない」

「いえ。……もう、香りは平気でしょうか？」

「そう、だな。……大丈夫だと思う」

彼の尻尾はやはり元気よく左右に揺れていたが昨日よりは勢いが減ったように見えた。外に出て魔法を使い、魔力を減らした効果だろうか。香りが薄れてアルノシュトが逃げ出したくなるほどではなくなったようだ。

「では、今日は一緒に食事ができますか？」

「ああ。食事を運んでくるから待っててくれ」

「いえ、一緒に行きます。……昨日はお話ができなくて、寂しかったものですから」

バッとアルノシュトが片手で顔を押さえた。やはり香りはまだ強いのだろうかと狼狽えたけれど、絞り出すような「なら行こう」という声が降ってくる。……本当に大丈夫なのだろうか。

「あの、アルノー様。無理はなさらないでくださいね」

「無理はしていない。……俺も貴女と話したい」

彼がそう言ってくれたので隣に並んで歩く。そうすると背後で大きく振られる尻尾のせいで風が起こっているのを感じる。狼は犬に近い種であるし、ゴルドークのことを考えればアルノシュトも機嫌がいいはずである。……表情はいつもどおり、硬く真面目な様子なのだけれど。

「おはようございます。……旦那さま、今朝はご機嫌がよろしいですね。フェリシアも今日は明るい顔です」

パタパタと尻尾を振りながら挨拶をしてくれたゴルドークによればやはりアルノシュトは機嫌がいいらしい。私も昨日は少し沈んだ気分だったのでそれが顔に出ていたようだ。もしかすると心配をかけただろうか。

「二人分を持っていく」

「はい。すぐにご用意します」

二人分の食事をカートに載せて再び部屋に戻った。カートの上の料理から空腹を刺激するにおいが漂ってくる。今日も美味しそうですね、などと他愛ない話をするだけでも気分がいい。

やはり私はアルノシュトが好きだ。一日顔を見ないと寂しくなるような、大事な家族なのである。首枷を取ったことでほとんど顔を合わせられなくなるような状態にならなくてよかったと、ほっとした。

「昨日はミーナと散歩に出かけてみました。空を跳ぶ魔法を使ったら、とても喜んでもらえて」

「空を飛ぶ魔法……？」

「ええ。空中を跳ねることができるのです。獣人の身体能力があればとても簡単に制御できるようで」

昨日あったこと、本当なら夜に語っていただろうことを話す。魔法についてはアルノシュトも興味深そうにしていた。ヴァダッドの獣人からすれば馴染みのないことだろう。特に自分たちが魔法の恩恵を受けられるというのは。……魔法の被害を受けたことは、多々あれど。その逆はきっと昨日のミランナが初めてだったのだ。

「その魔法は誰にでも使えるのか？」

「ええ。魔力量があれば複数人に魔法をかけることもできます。アルノー様も空を跳んでみますか？」

「そうだな。……俺もそれは、体験してみたい」

マグノに拒絶心のない獣人なら魔法も受け入れてもらえるのかもしれない。次に我が家で宴をすることがあれば私が魔法の演出を加えてもいいか相談してみようと思った。

「それと、私……国境付近に、お友達がいます。昔からお手紙をやり取りしていて……その、重要な情報は絶対に書きませんから、お手紙を書いてもよろしいでしょうか？」

国の仕事には関係のない、かなり個人的な手紙だ。しかし黙って手紙のやり取りをするというのも密通のようでなんだか気が引けた。

すでに一通は置いてきてしまったが彼の許可が下りないなら無事を知らせることができただけで良しと思わなければならないだろう。そう考えて自分の手を膝の上でぎゅっと握る。

「構わない。……大事な、友人なんだな」

「はい。けれど実はお相手のことはよく知らないのです。私も自分が何者か明かせずにいるので……そんな関係ですから、決して情報のやり取りなどはいたしません」

その時のアルノシュトの尻尾はなんとも奇妙な動きをしていて、動いたり止まったり、何やら悩み事でもあるような動きをしていた。そこで私はハッと気づき、言葉を続ける。マグノでは問題のない間柄であっても、ヴァダッドでは何か拙《まず》いことがあるかもしれない。間違いがあれば教えてもらえるように、私と手紙の主の関係はできる限り明らかにするべきだろう。

「お相手の方も結婚をされていますし、男性のようですが決してやましい気持ちはありません。……それともヴァダッドでは、こういうお手紙はあまり歓迎されないのでしょうか」

「いや……そのようなことは、ない。相手の種族によっては恋文に捉えられかねないだろうが……」

「お相手はマグノの方のようですから問題ないかと」

「……そうなのか？」

どうやらアルノシュトは相手をヴァダッドの人間だと思ったらしい。私も昨日、ミランナの発言でそうではないかと思ったのだけれど文化の違いで発覚したことがある。

「昔、その方に刺繍のハンカチをお贈りしたことがあるのですけれど……お相手の方は愛の告白だとは思っていないようで、そのようなお返事はありませんでしたから」

「…………ああ……」

何故だか随分と間が空いた相槌《あいづち》に力がないような気がした。アルノシュトはまだ気分がすぐれないのかもしれない。私と長時間話すのは、辛いのだろうか。

「その方に気持ちを伝えたくて、また刺繍のハンカチを贈ろうと思っているのですけれど……」

「……いいんじゃないだろうか。相手も喜ぶだろう。貴女の刺繍は、美しいから」

「ふふ……はい。ありがとうございます」

アルノシュトの許可ももらったのでやましいことは何もない。私は堂々と手紙の彼に贈るハンカチを刺繍することにした。

食事のあとミランナが来るまでの間、アルノシュトはそわそわと尻尾を動かしながらも私の部屋にいて、刺繍をする姿を黙って見ていた。会話はなかったが居心地は悪くない。視界に入り込む大きな尾が機嫌良さそうに風を生んでいたからかもしれない。

「フェリシア！　遊びに来たよ！」

昼過ぎになるといつもどおりミランナがやってきた。アルノシュトには軽く挨拶だけして私に抱き着きにきたので製作途中の刺繍はテーブルの上に置く。私は椅子に座ったままだったがミランナはお構いなしに抱き着いてそのまま頬ずりが始まり、彼女のふわふわした髪や耳が当たるそのくすぐったさに小さく笑った。

「俺はそろそろ兵士に訓練をつけにいってくる」

「いってらっしゃいませ」

「フェリシアのことは私に任せてねー」

満足したのか私から離れたミランナはそう言ってアルノシュトに手を振った。しかしアルノシュトはなかなか部屋を出ていこうとせず、こちらに近づいてくる。何か用事だろうかと立ち上がろうとしたが片手で制された。

「ミランナがついてるとはいえ、危ないところには行かないでくれ」

「はい。……っ……!?」

わざわざ心配してそれを言いに来てくれたのかと思ったら身を屈めたアルノシュトがミランナに頬

ずりされた方とは反対側の頬にピタリと顔を寄せてきた。突然のことに息を呑んで固まってしまう。

「では、行ってくる」

「え、ええ……お気をつけて……」

アルノシュトの尻尾は私に背を向けるまでぱたぱたと振られていたが、部屋を出ていく頃にはしな垂れていた。彼がどういう気分なのか分からないがとにかく私の心臓は驚いたまま落ち着かない。深呼吸を繰り返して自分をなだめる。

「……ねぇ、フェリシア。アルノシュトは手紙を許してくれた？」

「ええ。刺繍のハンカチも贈っていいと言われたから、今作っているところなの」

「……うーん……」

ミランナは何やら不満そうな声をあげながらアルノシュトの出ていった扉を見つめていた。尻尾もうねうねと動いて深く考え事をしている様子である。

「何か気になることがあるの？」

「アルノシュトはフェリシアが好きに見える」

「……え？」

「でもそれなら手紙とか刺繍のハンカチを快く許さないと思うし……うーんわかんない」

アルノシュトが私のことを好きだとするならば、それは家族としてである。彼は狼族であるからこそ、絶対に私を愛することはない。彼の愛情表現はすべて、親愛の情なのだ。

「アルノー様は私を家族として好いてくれているのよ」

「……そうかなぁ……」

「ええ。私はそれで充分だから」

手に入らない物を求めたって苦しいだけだ。私は与えられているものを大事にしたい。アルノシュトの信頼を裏切りたくないし、今のままで充分満たされている。

そんな私をじっと見つめたミランナが、突然強い力で抱きしめてきた。

「私はフェリシアが大好きだよ。いつでも抱きしめてあげるからね！」

「ふふ……ありがとう、ミーナ。お手紙を出しに行く時はまた、国境まで付き合ってくれる？」

「もちろんだよ！　今日も行く？」

「それは早すぎると思うわ。あの方もさすがにまだお手紙に気づいていないでしょう」

私にはやりがいのある仕事と大きな目標がある。大事な家族や友人もいる。私は幸せ者に違いない。これ以上を求めては身を滅ぼしてしまいそうだ。

何かが足りないなんて、思ってはいけない。それが手に入る可能性は決してないのだから。

「ミーナの腰帯にも刺繍させてほしいと思っているのだけれど」

「え！　ほんとに!?　嬉しい!!」

「ええ。どんな図案がいいか、希望があれば教えてくれる？」

今この手にあるものを大事にしよう。何も取りこぼさぬようにしよう。これ以上の幸せなど、ありはしない。

国境の大木を訪れてから一週間後、私はミランナと共にまたそこを訪れた。刺繍入りのハンカチ自体はもっと早く出来上がっていたが、相手が手紙に気づいているかは分からなかったからだ。

期待しつつもまだ早かったかなと思いながら洞の中のバスケットを覗く。そこには新しい紙が一枚入っていて、開いてみればそれは私の手紙への返事だった。

『ずっと心配していた。あなたが無事で本当によかった。俺もまたあなたと話せれば嬉しい。六年間どうしていたか聞かせてくれ。……それにしても随分と字が綺麗になったんだな、驚いた』

変わらない筆跡で、間違いなく手紙の友人だ。私はその場ですぐに返事を書く。遠い地で様々な勉強をしていたこと、そこで綺麗な字の書き方を習ったこと。貴族学院とはいえなかったが平民向けの学校だっていくつもあるのだ。不自然ではない。

『刺繍も上手くなったから、受け取って。たくさん心配させてごめんなさい。待っていてくれてありがとう。これが貴方への気持ちです』

手紙と共にカモミールの刺繍のハンカチをバスケットに残して、もしかしたらその人が来るかもしれないとしばらくその場で待った。六年前もこうしていたが出会ったことはないし、彼とは行動時間が大きくずれているのだろう。やはり手紙の主は私が待っている間に現れることはなかった。

「どんな人だろうねー」

私の気持ちを代弁するようにミランナが言う。私は彼がとても優しい人であることは知っていても、顔も年齢もどこに住んでいるかも知らない。

「会ってみたいなんて思ってはいけないかしら……」

「そんなことはないよ、向こうだって会いたいって思ってるはず！　会いたいって手紙に書いてみたらどう？」

ミランナは私が手紙をやり取りしているとどこか嬉しそうで、初めて大木を訪れた日から毎日「今日は国境に行かないの？」と尋ねてくるのだ。

彼女は私と手紙の相手が恋仲になればよいと思っている節がある。猫族はどうやら多夫多妻の婚姻制度らしく自由な恋愛観をもっており、マグノでは一夫一妻なのだと言っても「フェリシアがアルノシュトに愛されていないなら恋人は出来てもいいじゃないか」と思っているようだった。……それはおそらく、私のためなのだ。

（ミーナは最近アルノー様を見るとちょっと……そっけないのよね）

自由な恋愛観を持つ猫族としてあらゆる相手を好きになるのは構わないが、その気がないのにまるで愛しているような素振りを見せるのはいただけない、という。恋愛観も人それぞれ、種族それぞれでヴァダッドの文化は奥が深い。

そんな彼女に急かされるような形で、ハンカチを贈った翌日にはまた国境へと連れ立って出かけた。散歩だと思えばいいので構わないけれど、さすがに返事が来るには早いだろうと思っていたがバスケットの中には新しい手紙が入っていて驚く。昨日私が帰ってから彼はここに来たようだ。

『とても嬉しい贈り物だ、ありがとう。俺もあなたに何か返したいが、こういう時何を贈ればいいのか分からない。何かほしいものはあるか？』

その返事に違和感を覚えた。魔力の籠った刺繍入りのハンカチへのお返しであれば、魔力の籠ったお守りや装飾品を贈るものだ。それは平民貴族問わずマグノの文化であるはずで。……それを、マグノの兵士が知らないはずはない。

（……この方はやはり、ヴァダッドの……？　だとすれば何故、刺繍のハンカチについて何も言わないのかしら）

しかしヴァダッドの獣人であるなら、愛の告白をされてもそれについてなんの反応もしないというのは不思議だ。……もしかすると、相手は私がマグノの魔法使いであることに気づいていて、刺繍のハンカチの文化についても知っている、のだろうか。

分からない。ただ贈り物について疎く、装飾品を贈りたくても妻以外の女性に贈っていいものか迷っているという可能性もある。

『お返しを頂けるなら、髪を結う紐だと嬉しい。それなら奥さんも嫌がらないでしょう』

だから私はそのように返事をした。結い紐であれば魔力を込めやすい。もし相手が結い紐を贈ってくれて、それに魔力が籠もっていなければ――手紙の彼は、獣人だと思っていいだろう。

手紙の彼は何者なのか。次の返答次第で私は彼に会ってみたいと言ってみるつもりだ。……獣人であるなら私は、自分の正体を明かせると思う。マグノの貴族では平民と親しくできないが、ヴァダッドの獣人なら話が変わる。私は獣人と積極的に関わり親しくなるべき立場なのだから、身分を隠す必要はなくなるはずだ。

その日の夜、アルノシュトと食事を摂っていると「宴の予定がある」と切り出され、結婚してすぐにも似たようなことがあったなと思い出した。

「宴を開くのですか？」

「いや、宴の招待状が届いた。兎族のミョンラン家からだな。……我が家の宴でも貴女を招待したいと言っていた兎族を覚えているか？」

「ああ、あの……ウサギの飾り切りを持ってきてほしいとおっしゃっていた方ですね？」

種族らしい瞬発力を発揮していの一番に駆けつけてきた、兎の彼だ。その宴に持って行くなら彼の要望通りにウサギの飾り切りが入った、フルーツ系の一品にしたいと思う。

「前回は様々な種族からマグノに反発の少ない者を俺が選んで呼んだ宴だ。しかしこれは、ミョンラン家が招待者を集めている。兎族の者が多いだろうな。……中には貴女に反発するものもいるのではないかと、思う」

「ふふ、それはやりがいがありますね。望むところです」

親しい者達と親交を深めるのももちろん大事だが、そうでない人達に私を見てもらう機会があるなら私は行くべきだ。魔法使いという種族ではなく、フェリシアという人間を見てほしい。その上で私という人間が嫌われたならば仕方がない。けれど、魔法使いという種族の中にも様々な人間がいるのだということは伝えたいと思っている。

そもそもヴァダッドは獣人という大きな括りはあれど、あらゆる価値観や生態を持った多種族がまとまって暮らしている、実に多様性ある国である。それを考えればマグノの魔法使いという新しい種族とだって上手く関われるはずだ。

ウラナンジュがすぐに私への態度を改めてくれたように、彼らはとても柔軟な思考を持っているのではないだろうか。……むしろ獣人たちが受け入れてくれたところで、魔法使いたちが変わらなければ意味がない。

そのためにもまずは魔法使いを受け入れてくれる獣人と、マグノの魔法使いを招く宴を企画する。それも新たな目標として胸に刻んだ。

「貴女のそういう前向きなところが好きだ」

相も変わらずアルノシュトはこのようなことを言って、私の胸の妙なざわつきも一向に消えることはない。……少しだけ、胸が苦しい。

「本当は……危ないかもしれないと、招待を断らないかと提案するつもりだった」

「まあ……アルノー様。それでは私たちの仕事は前に進みません」

「ああ。けれどフェリシアが傷付くかもしれない。それに……誰かに求愛されるかもしれない。貴女はとても魅力的な人だからそれも心配だ」

愛されていると錯覚してしまいそうになる台詞。ミランナが「アルノシュトは思わせぶりなことをする」と怒る気持ちも、分かる。

しかし彼は元々愛情深い人なのだろう。これは家族に向けた親愛の情であって、それ以外はあり得ないと私は知っている。思わせぶりなことをしているつもりはないに違いない。……困った人だ。

「大丈夫ですよ、アルノー様。もし求愛されたとしても、お断りすればよいのでしょう？　ヴァダッドでは断られた相手に求愛し続けることはないと聞きました」

「それはそうだが……」

マグノでは告白を断られても熱烈に愛を語り続けてついに結ばれた――なんて話も持て囃されるのだけれど、ヴァダッドでは歓迎されないらしい。本能的に〝無理だ〟と判断されたのだから、それ以上求めても無駄なのだという考えだ。男でも女でも、断られたら諦めるしかないのである。

だから告白するまではしっかり親交を深めるものであるという。時には互いに一目惚れという強烈な惹かれ方もするようだが、基本的には愛情表現を重ねて互いに好きになっていくのだと。最近恋の話にお熱なミランナが教えてくれた。

「ですから私は、どなたに求愛されてもお断りするつもりです。私は誰の愛も望みませんから」

「…………それは、あの手紙の相手でも同じか？　もし……その相手が告白してきたらどうするんだ？」

「それはないでしょう？　あの方には妻がありますから」

「……もしもの話だ」

そのような仮定の話に意味はないと思うのだけれど、アルノシュトが真剣に尋ねてくるので考えてみた。文通だけの、顔も名前も知らない友人。六年もの間、私の身を案じ続けてくれた人。争いを好まない優しい人。

けれど私は彼のことを何も知らない。もしかしたら獣人かもしれない、と最近思うようになったくらいで、本当に何も知らないのだ。……そんな状態ではなんの答えも出せはしない。

「……分かりません」

「……そう、か」

アルノシュトはなんとなく残念そうに耳を下げた。彼は、私にどう答えてほしかったのだろう。やはりまだ――他に愛されたいと思う相手が出来れば恋人を作ればよいと、思っているのだろうか。そう考えるとちくりと胸の中が痛んだ。

（……不毛な恋などしたくなかったのに）

政略結婚でも構わなかった。貴族の娘として、恋愛結婚など望むべきではないと理解していたから。けれどそのあとに、まさか夫に愛されることが絶対にありえない、なんてことは想像したこともなかった。しかもこれは感情の問題ではなく、アルノシュトの獣人としての本能なのだから私も彼にもどうしようもない。絶対に変わらないし、変えられない。

（私はアルノー様をお慕いしてしまった。……叶いもしないと知っているのに、人間の感情って自分ではどうしようもないのね）

だから気付かないように、望まないように、必死に自分へと言い聞かせていたのにもう限界だ。これ以上自分を誤魔化しきれそうにない。……気付きたくなかった。

私がアルノシュトに、家族とは違った愛情を持って惹かれていることに。でも気付かざるを得ない。彼が私への好意を示す度に喜んでしまい、決して愛されることはないと自分を窘《たしな》める度にくる痛みを、いつまでも知らぬフリなどできるはずもない。

（はやく……はやく、この気持ちがなくなってほしい）

そうすればきっと——今度こそ、本当に家族として愛せるのだ。この先私は何十年と彼と暮らす。いつかは私も彼と同じ親愛の情を持って普通に接することができるような、そんな日がきっとくる。ただ今は、この苦い痛みが早く薄れるようにと祈るばかりである。

数日後、大木の中には手紙と共に小箱が納められていた。胸の鼓動を速くしながら箱を開けると見慣れないデザインの結い紐が目に入る。深い赤の宝石と金の糸で出来ていて、陽にあたればキラキラと光って美しい。そしてどこにも魔力が含まれている感覚はなく、このデザインはマグノの工芸品というより、ヴァダッドのものであるように見えた。

『店で一番綺麗なものを選んできた。あなたに似合えばよいのだが……お礼の品だ。受け取ってほしい』

手紙にも魔力が籠もっていない理由などは書かれていない。やはり手紙の彼は獣人なのではないか、と思う。そしておそらく、彼は私がマグノの魔法使いであることを知っている。

知っていた上で手紙をやり取りしてくれたなら彼は魔法使いに寛容な獣人だろう。初めて手紙を交わしたのは八年前だ。……いつ、気付いたのだろうか。私がマグノの魔法使いだと。

『とても綺麗なものをありがとう。大事に使わせてもらう。……私、あなたに会って直接伝えたいことがあるの。次の満月の日の日暮れ頃にここで待ってるから、もしよかったら来てほしい』

日暮れを指定したのは私が去った後に彼は来ていると思われるからだ。手紙を置いた翌日に返事が置いてあったことから考えて、彼がここを訪れるのは日暮れ以降なのである。もしかしたら早朝の可能性もあるが——昼でなければ来てくれるかもしれない。

次の満月は三週間後で、兎族の宴の翌日である。そのひと仕事を終えた後なら私も落ち着いた気持ちで彼に会えるだろう。……来てくれれば、の話だけれど。

帰る前にさっそく貰った結い紐で髪を結った。ミランナはそれを見てとても嬉しそうに尻尾を揺らしている。

「綺麗な結い紐だね。その人、赤毛かなぁ」

「え、どうして？」

「赤い宝石だから。好きな人には自分っぽいものを贈りたくなるでしょ？」

ミランナはすっかり手紙の主が私に恋をしていると思い込んでいるようだ。そんなことはないはずだけれど、私を大事に思ってくれているのは間違いないだろう。私もこの手紙の主を大事な友人だと思っている。

（私はアルノー様にまだ、気持ちがあるから……他の方のことは、あまり考えられない。ごめんね、ミーナ）

彼女は私が幸せになれるようにと考えてくれている。こちらもまた大事な友人だ。私は本当に人に恵まれている。ミランナにも心配を掛けないようにしたいのだけれど、気持ちの整理をつけるにはまだまだ時間が必要そうであった。

「んー……？」

「どうしたの？」

「うーん……気のせいかも。なんでもないよ」

帰路について大木から離れ、その太い幹がすっかり見えなくなった頃。ミランナが突然振り返って首を傾げた。私も彼女と同じように振り返ったが、獣人のように五感が優れているわけでもない。彼女が覚えた違和感と同じものを感じ取ることはできなかった。

その日の夜、アルノシュトは私の結い紐を見ると目を細めて「綺麗だな。似合っている」と褒めてくれた。

「手紙の方からハンカチのお礼にと頂いたものです」

「そうか。……嬉しいか？」

「はい。とても」

「それはよかった」

柔らかい表情で頷くアルノシュトの姿に、どこか残念な気持ちになるのは——きっと、異性からの贈り物であるこの結い紐に対し、何も思っていないのが分かるからだ。ミランナの反応をみると想い人に贈ってもおかしくない品であるようだったのだが、やはりアルノシュトにとっての私は大事な家族であって、唯一の妻ではないのだと再確認させられてしまう。……期待してはいけないと何度も思っているのに、そう思ってしまう自分に困る。これが恋、というものだろうか。厄介な感情だ。

「……今日も手紙を出してきたのか？」

「はい。会ってみたいと思って、そのお願いを」

「何？」

驚いたようにピンと銀灰色の耳が立つ。私は何かまずいことをしてしまったのかと不安になりながら「いけませんでしたか？」と尋ねた。

「いや……そんなことはない」

「よかったです。兎族の宴が終わってからの日程でお誘いしたので、きっちり仕事は終わらせてから行きます。ご安心ください」

「…………ああ……」

何やらアルノシュトの様子が変だった。落ち着きがないというか、戸惑っているような、不安そうな。最近の彼はやはり、何を考えているのか分からないことが多かった。私の言葉に、予想とは違う反応が返ってくるからだ。

「……その、手紙の相手に会いに行く時は教えてくれ」

「ええ、分かりました。……ところで兎族の宴に持って行くのは、果物の飾り切りにしようと思っています。他に何か喜ばれることがないか、私が魔法を使ってできることはないかと考えているのですけれど」

こんな時は仕事の話でもするべきだろうと次の宴の話題を持ち出した。今の私なら魔法が使えるので、やれることがかなり増えている。

「それはもし、主催側から頼まれることがあればすればいい。基本的に宴は主催が取り仕切るものだからな。招待者は頼まれごとがなければただ、宴を楽しむのが礼儀だ」

「そうなのですね」

「宴の趣向に沿って楽しめばいい。前回の我が家では話すことを楽しんでくれ、と言っただろう？だから皆、積極的に話そうとしていたはずだ」

主催の挨拶にはそのような意味があるらしい。兎族の宴に出向いたらその挨拶を聞いて宴の趣向を理解し、その通りに行動すればいいようだ。アルノシュトによれば兎族の宴は明るい趣向が多いというので、難しく考える必要はないと言われた。

「賢族三家の宴に行くと難問を吹っ掛けられることもあるが……」

「まあ……謎解き大会のようなものでしょうか」

賢族三家というのは特に知能が高く生まれやすい種族のうち、代表的な三家のことを言っている。猿族・鳥族・海獣族の中にそれぞれ代表の家があるらしい。ちなみに身体能力の高い者が生まれやすい獅子《しし》・象・狼・熊・虎の種族にそれぞれ代表する五家を武族五家と呼び、バルトシークはそのうちの一つである。

私が花嫁として入る家はこの八家のうちのどれかで話し合って決められたと聞いたので、私はバルトシーク家に来られてよかったと、そう思った。

「兎族の宴は……楽しみ、ですね」

「ああ。……参加する以上、何があっても俺が貴女を守るので安心してくれ。貴女は俺の大事な妻だからな」

その言葉に胸が甘く疼きそうになって、咳払いで自分を誤魔化した。喜んではいけないのに喜んでしまう。

（これ以上、好きになりたくないのに……）

頭の中でミランナが「その気がないのに思わせぶりなことを言うのは酷いんだよ！」と言っていた声が蘇る。全く、酷い人だ。……けれど嫌いになんてなれやしない。

こんなに大事に扱われて嫌いになれるはずがないのだ。望めないものを断ち切れない私が悪いのだから、アルノシュトを責められもしない。本当に全く、苦しい程に素敵な人である。


宴までの三週間は国境に行くことなく過ごした。返事は見に行かなくても当日になれば分かる。良い返事が来ていたら落ち着かなくなりそうであるし、断られたら落ち込みそうなので、返事がどちらにせよ気になって仕事に集中できなくなったら困る。そちらに気持ちを取られることがないように、宴が終わるまでは仕事に集中するべきだと手紙のことは頭の隅に追いやったのだ。

持っていくフルーツの取り合わせや飾り方をゴルドークと相談したり、ミランナの腰帯に刺繍をしたり、アルノシュトに改めて魔力の籠もった刺繍のハンカチを作ったりしていたらあっという間であった。

宴を前にした日暮れ前。金の糸の刺繍が施された宴衣装を身に纏い、手紙の彼からもらった結い紐で髪を結う。そして盛り付け用の皿と果物、小さなナイフとカット台を籠《かご》に詰めてしっかり固定し、屋敷を出た。

ちなみにこの籠はアルノシュトが持っている。重いものを私に持たせられないと言われたのだが、今は魔法があるのでいくらでも運びようがある。しかしその善意を無下にはできないとありがたくお願いした。

「緊張してしまいますね、やはり……」

「貴女なら大丈夫だ。それに、その場で作って見せるのはいい方法だと思う」

宴に持参する料理は完成品を持ち込んでもいいし、可能な品であればその場で仕上げても構わない。ならば果物は切って持っていくよりも、その場で飾り切りをした方が鮮度もいいだろう。という話になった。

料理を目の前で作って見せるのはそういう趣向の店も存在するくらいだし、楽しませることができるものである。飾り切りの工程を見るだけで楽しいらしい、というのはゴルドークやミランナの反応からも分かっていた。私ができることで楽しんでもらえるならその方が良い。

「では……跳んでいきましょうか」

「ああ。……よろしく頼む」

兎族のミョンラン家まで空を跳ぶ魔法で向かう、というのは事前の話し合いで決まっていた。アルノシュトが私と出かける機会があまりないためこの移動で魔法を体験したい、ついでに魔法の有用性を示すにもいい機会だという彼の提案だ。

「まず手を握ってください」

「……ああ」

そっと重ねられた手が驚くほど熱を持っていて、ついアルノシュトの顔を見上げた。やはり顔も赤くなっているし、熱でもあるのではないかと心配になる。……尻尾は元気な様子だが。初めての魔法

に興奮しているだけだろうか。

「最初は私が支えるので安心してくださいね」

自分たちに魔法をかけて軽く地面を蹴った。ミランナと同じように、アルノシュトも二歩目には跳び方を覚えたようで私と並んで空を跳ねる。こうなったら自分の歩幅の方が楽だろうと手を放した。

手を放した瞬間、驚いたのかバッとこちらに顔が向いたが、安心させようと微笑《ほほえ》む。

「アルノー様もやはり上手いです。私の補助はもういらないでしょう。……獣人はやはり、身体能力が優れていますす」

「そう、か。……だが、そうだな。これは楽しい」

「それはよかった」

私は軽くステップを踏むように一歩ずつ踏み出すだけだが、アルノシュトは何ができるのかいろいろ試している。しばらくするとあまり力のこもらない跳び方を理解したようで、私の歩幅に合わせて並んでくれるようになった。……本当に制御が上手い。

「これなら障害物もなくまっすぐ目的地に向かえるし、体も軽いのであまり疲れないな。かなり時間短縮になる」

「はい。昔はよくこれで国境まで出かけていました。まあ空に上がっては見つかってしまうので、森の中を跳んでいたのですけれど。それでも普通に行くよりはとても早く、そして遠くへ移動できます」

「……随分活発だったんだな」

「ふふ、はい。きっと家族は手を焼いていたと思います」

そんな話をしながらアルノシュトの示す方向へとまっすぐ向かった。バルトシーク家ほどではないが広い屋敷があり、そこの広場で薪が組まれているのが見える。再びアルノシュトの熱いと感じるほどの手を握って広場に降り立った。

「今のはなんでしょうか花嫁殿……今のは魔法ですよ」

「お久しぶりです。……今のは魔法ですよ」

挨拶も忘れるほど勢いよく駆けてきた、あの時の兎族の男性に笑いかける。彼は本当に魔法使いへの抵抗感がないのだろう。ちらほらと会場にいた他の獣人たちが驚いてこちらを見ている中、いの一番に駆けつけてきたのだから。

「今のがマグノの魔法……あれはとても、楽しそうですな！」

「良ければあとで体験してください。今は……飾り切りができる用意をしてまいりましたので、この場で一品作らせていただければと」

「おお、なんとありがたい。是非見学させてください。……あ、アルノシュト。ようこそ、ミョンラン家へ」

「……今まで俺が視界に入っていなかったのか、バゼラン。まあ、構わないが……今日はよろしくな」

兎の彼の名前はバゼランというらしい。彼は「子供たちにも是非見せてやってください」とまだ私の膝の高さくらいしか背丈のない小さな子たちを連れてきた。ふっくらとした頬が可愛らしい子供たちにも、しっかりと兎の耳と尻尾がある。

そんな彼らに囲まれながら私は飾り切りを披露することになり、子供たちを含めその場にいた兎族

の獣人たちに囲まれて――そうして、宴が始まる前から賑やかに、そして温かく迎えてもらえた。あ
りがたいことに誰もが私や魔法を受け入れてくれていて、僅《わず》かに残っていた不安も吹き飛んでいく。アルノシュトは反発があるかもしれないと言っていたけれど、バルトシークの宴に訪れたバゼランが先んじて同族の心を解きほぐしておいてくれたのかもしれない。

それから暫くして、宴の開始時刻となる。薪の前に立ったバゼランが高らかな声で挨拶を始めた。

「今宵はミョンランの宴へお集まりいただき感謝いたします。自由に歌い奏で、踊って、宴を楽しんでください」

薪へと火が投げ込まれ、宴が始まった。すると途端に、音楽が奏でられる。兎族の何名かが打楽器を手にし、明るく心地よいリズムを作り出していた。

これはダンスパーティーのようなものなのだろう。それが今宵の趣向なのだ。

「花嫁殿、頼みがあります！　私を先ほどの魔法で、空へと上げてください！」

薪の前から一跳びするような勢いで私の元へやってきたバゼランは、耳をピンと立てて目を大きくし、どこかキラキラした表情でそう頼み込んできた。

断る理由もなく、また断れる気もしない。了承して彼を空へと導いたその後――私は次々と、あらゆる獣人に魔法をかけることになってしまった。

獣人たちが空を自由に跳んで、踊っている。さすがに十数人へ魔法をかけるのは疲れを感じたが、楽しげな彼らを見ていれば吹き飛ぶ程度のものだ。

ただ少し休憩してからでないと私自身は踊れそうになかった。賑やかな場所から離れて休もうとし

たのだけれど、あまり火の明かりがない場所にいても視線が刺さる。私に好意的な者は今空を跳んでいるので、そうでない獣人たちの視線だろうか。しかし、なんだか――妙な視線だ。悪意や敵意があるようには感じない。そちらに視線を向けると、私よりも若い、まだ少年と言っても過言ではないだろう男の子の集団が一斉に目を逸らした。

（あれくらいの年頃だと……ちょっと見栄を張ったりし始めるものね）

多感な年頃だろうし、興味はあるけど声をかけるのは恥ずかしい、というような感じだろうか。反感を持たれているわけではなさそうで、何よりである。

目立ちにくい広場の端に寄って、木の陰に隠れながら小さく息を吐く。悪意ある視線でなくとも注目されるのは疲れるものだ。

「……大丈夫か？」

「ええ。休めばすぐに回復いたします」

「何か食べるものを取ってきたいが……貴女を一人にするのはな……」

幼子でもあるまいし、一人にされても問題ないのにアルノシュトは私の傍を離れたがらなかった。相変わらず過保護だと思って苦笑していると、彼がぱっと顔を上げた。そしてその顔はみるみる不機嫌になり、小さな唸り声が聞こえてくる。

「私がついていましょうか。それとも、こちらの料理を召し上がりますか？」

「まあ、ラナ。お久しぶりですね」

「ええ。お久しぶりですね、フェリシアア。それからアルノシュト」

声をかけてきたのは梟の獣人であるウラナンジュ。彼に会うのはバルトシークの宴以来だ。アルノシュトはどうも彼に警戒心を掻き立てられるようで、不機嫌そうな唸り声がやまない。

「こちらの肉料理など大変深い味わいで美味でしたよ。いかがですか？」

「他人の番に求愛するなと、以前も言ったはずだが？」

「おや、それは失敬しました。では君が食べさせてあげればよいでしょう。私はただ、フェリシアが疲れているように見えたから心配しただけですよ。……ねぇ？」

こてりと梟らしく首を傾げる動きはなんだかユーモラスで、少し可笑しい。前回は威圧的に感じたけれど、今日の彼は私に対する敵意がないせいか可愛らしく見えた。

すると途端に隣のアルノシュトの唸り声が大きくなって少し驚く。……今日のウラナンジュは攻撃的ではないのに、なぜだろうか。ウラナンジュも少し驚いたのか目を丸くしている。

「君の変わり様には驚きますね……まあ、君に興味はないからどうでもいいのですが。私はフェリシアと話がしたいのですよ」

「ふざけるな、帰れ……！」

「やれやれ……これではダンスを申し込むこともできません。今にも噛みつきそうな番犬がいますから」

私は二人のやり取りをハラハラして見守った。アルノシュトは声まで荒らげて本当に今にも噛みつきそうなのである。対してウラナンジュはあまり気にしておらず、からかっているようにすら見えた。

「そういえば明日は満月ですね、フェリシア」

「？　ええ……」

「では、またお会いできるのを楽しみにしておりますよ。アルノシュトはちゃんとフェリシアに食事をさせてくださいね。細くて心配になりますから」

「うるさい、お前に言われる筋合いはない」

私に向かって一礼してみせたウラナンジュが去っていくと、毛を逆立てていたアルノシュトもだんだんと落ち着いてくる。そしてどこか不安げに耳を低くしながら私を見下ろした。

「……怖くなかったか？」

「え？　いえ……今日のラナは、特には」

「いや、あいつではなく……俺が、だ」

たしかにアルノシュトは怒っていたがその怒りを私に向けたわけでもない。過保護すぎる彼が私を守ろうとした行動であるのだろうし、怖いとは微塵も思っていなかったので驚いた。

「二人の喧嘩に発展しそうな空気は心配していましたけれど、アルノー様を怖いと思っていたわけではありません」

「そう、か。……よかった。俺も自分がこんなに短気だとは知らなくてな」

ぱたぱたと勢いよく振られる尻尾が見えた。先ほどまでの様相とまるきり違って、そんな彼を見ていると肩の力が抜けていく。

彼は最近よくこうして尻尾を振っている。私の香りがそうさせるのか、首枷を外したあの日から深く信頼されるようになったのか、もしくはそのどちらもなのだろう。

「貴女は俺の妻だ。……他の男に余計なちょっかいを掛けられたくない」

たとえどこか嫉妬しているような台詞を言われたとしても他意はない。彼は私を愛せないのだから、違うのだと。高鳴る鼓動も上がりそうになる体温も、同時に感じる胸の痛みも、すべて隠すように笑った。

「大丈夫ですよ、アルノー様。私は貴方の愛を求めませんが、他の方の愛も必要としていません」

「っ……そう、か」

私は彼の望む言葉を告げたはずだった。何故耳と尻尾が垂れ下がってしまうのか、分からない。その場に漂う妙な空気は「ねえ花嫁さん！」という子供特有の高い声で壊された。

視線を向けると私の肩の高さほどの背丈の兎族の少年が、頬を染めて私を見上げている。

「花嫁さん、踊らないんですか？」

「少し休憩していたところなの。そろそろ踊ろうかしら？」

「それなら、俺と踊ってください！　俺、ルルージャです。ルルって呼んでください！」

「ええ、ルル。私はフェリシア。フェリシアって呼んでね。……行ってきてもよろしいでしょうか？」

ルルージャに手を取られながらアルノシュトを振り返った。彼はまだ微妙そうに半分しょげたような尻尾をしていたが、頷いて送りだしてくれた。

「ルルも空へ行きたい？」

「それはきっとフェリシアが疲れるから、地面の上で大丈夫です！」

「まあ……ありがとう。こちらの国の踊り方を知らないから、教えてくれるかしら？」

「もちろん！」

ルルージャは良い子だった。明るくて、兎族らしくぴょんぴょんと軽快に跳ねて踊る。そして私にも踊り方を教えてくれて、だんだんと周りに集まってきた兎族の子供たちと一緒に踊った。

子供とはいえ獣人の体力にはついていけない。私は早々に離脱して、ルルージャに心配されてしまった。

「大丈夫ですか？」

「ええ……休めば、大丈夫よ。貴方は優しいのね。ありがとう、ルル」

笑いかけると彼は頬を染めて照れ臭そうに後ろで手を組んだ。こういう年頃の子は褒め言葉が嬉しかったりするものだ。とても微笑ましい。

「あの、フェリシア。俺が大きく……」

「フェリシア、そろそろ何か食べた方がいい。倒れてしまうぞ」

ルルージャが何か言いかけたところで後ろから遮るようにアルノシュトの声が降ってきた。その手には小皿に盛られた料理が取り分けられていて、私が踊っている間に用意していてくれたのだろう。

「ありがとうございます、アルノー様。頂きますね。……ルル、何か言いかけたでしょう？　何かしら」

「ううん、なんでもないです。じゃあ俺、またみんなと踊ってきます」

脱兎のごとく駆けだしていく小さな背中を見送って、何か複雑そうな尻尾の動きを見せているアルノシュトと共に人の踊っていない広場の端へと戻った。

その尻尾を見ているると落ち込んでいるようにも見えて「どうかしましたか？」と尋ねてみる。

「いや……器が小さいな、と」

「アルノー様が持つとたしかに小さなお皿に見えますけど、料理はたくさん載っていますよ」

「………そうだな」

それからアルノシュトが取り分けてくれた料理を食べて、空を跳ぶのに満足した獣人たちを地面に降ろし、また別の獣人を空へ上げ――そんなことをしていたら、あっという間に宴が終わった。

結構な魔力を使って疲れたけれど、たくさんの獣人に話しかけられて呼び名を教えてもらうことができた。マグノに対し含むものがあるように感じる人には――少なくとも、私は気づかなかった。

「興奮して名乗り遅れましたがバゼランと申します。バゼランと呼んでください」

「よろしくお願いします、バゼラン。私はフェリシアです。フェリシアと呼んでください」

「フェリシア。今日は本当にありがとうございました。こんなに楽しい宴は、初めてでしたよ」

帰り際には主催であったバゼランと互いに名乗り合い、実に和やかな空気で宴はお開きになった。ルルージャはバゼランの息子であったようで、大きく手を振りながら帰路に就く私たちを見送ってくれている。それに軽く手を振り返して、体は疲れているが心はぽかぽかと温かい気持ちになった。

「いい宴でしたね、アルノー様。けれど……暫く魔法が使えそうになく……申し訳ありません」

本当は帰りも空を跳ぶ魔法で帰るつもりだったのだ。しかし今、私は魔法の使い過ぎで結構足元もおぼつかないような状態である。広場を離れて宴が終わったのだと実感した途端、どっと疲労が押し寄せてきた。しっかり休んでからでないと魔法は使えそうにない。

獣人であれば大した距離ではないバルトシークの屋敷までも、私のこの足では随分と時間がかかってしまうだろう。それにアルノシュトを付き合わせてしまうのが申し訳ない。

「……顔色もあまりよくないし、貴女の香りも随分薄くなった」

魔法を使って体内の残存魔力が減ると香りも薄くなるらしい。それなら今は、アルノシュトも私といても普通でいられるだろう。いつも振られている尻尾もおとなしい。

「ふふ、今ならアルノー様も私の香りで苦しくなりませんね」

「……そういうことではない。フェリシアはもう歩くな」

「え……？」

突然視界の高さが変わった。抱き上げられていると気づくのに数秒要し、いつもよりずっと間近に見る整った顔と、自分を見下ろす赤い瞳に呼吸すら忘れてしまう。

「今日の貴女は動きすぎだ。屋敷までこうして帰る」

「し、しかし……」

「フェリシアは寝ていてもいい。……とにかく今は休め」

心配をかけてしまったのだと理解して、おとなしく彼の腕の中に納まった。自分より高い体温に包まれるのは落ち着かない。……いや、アルノシュトの熱だからだろうか。

一切動いていないのに心も体も全く休まる気はしなかった。耳の中で鳴っている心臓の音が自分の物なのか彼の物なのかも分からない。私を抱えながらアルノシュトが走ったのでしがみつくことになってしまい、さらに頭の中が混乱する。何がなんだか分からないうちに屋敷に着いて地面に降ろされるまで、どれほどの時間が経ったのかも分からなかった。……ただ、心臓がうるさく騒ぎ続けていた上に呼吸も乱れていて、今にも倒れそうだ。

「あり、がとうございます……。今日は、もう……やすみます、ね」

「……ああ。…………フェリシア、おやすみ」

アルノシュトは突然私の腰を抱いて引き寄せ、抱きしめながらいつものように優しい頬ずりをしてきた。本当にもう限界で、そのあとのことは覚えていない。

気づいたら日が昇っていて、私はベッドの上だった。

●

ミョンラン家の宴でフェリシアは魔法を使った。主催であるバゼランの頼みを受けた形なのだから、それは正式な依頼であり、宴を乱す行為にはならない。

歌や踊りが好きな兎族の宴でも空を舞う宴は今までにない特別なものだっただろう。彼女から距離を取っていた年嵩《としかさ》の兎族も、バゼランが空を跳ねれば目の色を変えていた。むしろ体が老いて自由に跳び辛くなった彼らだからこそ、その魔法に惹かれずにはいられない。空を跳んだのは上の世代の方が多かったように見える。

宴が終わりに近づく頃にはすっかりフェリシアに好意的になり、我先にと名乗りを上げるものが多かった。

（いらぬ心配だったな。……フェリシアを見て〝魔族〟だと嫌悪する方が、難しい）

狡猾で、醜悪で、恐ろしい魔族。その表情に性根の歪みが表れる――などと言われているが、フェリシアが笑っているのを見ればそんな偏見は吹き飛ぶだろう。

よく笑うその表情は魅力的で、黄金の瞳も美しい。何より彼女の雰囲気は春のひだまりのようだ。無理やり押し付ける好意も遠ざけるような敵意もなく、つまるところ感じる〝圧〟がない。これは獣人に好かれやすい体質といっていいだろう。しかもそれでいて肉食系の獣人を前にしても慄《おのの》かない。

（魔法使いの体質なのか、フェリシアの体質なのかは分からないが。……他の魔法使いにも会ってみたい、と最近よく思う。フェリシアは、この思いを他の獣人たちにも抱かせたいんだろう）

そしておそらくそれは成功している。フェリシアに強い関心を持っている者はこの場にも多い。

魔力の封じを解いてからの香りなどは性別問わずに惹きつけるものがあるようだ。どうやらそれは、自分に好ましい香りとして感じるようになっている。

アルノシュトにとっては例えようもない甘い香りだが、シンシャにとっては酒のように芳醇で、ミランナにとっては桃の果実のように感じるらしい。……それが魔力による惑わしの力なのだと言われればそうなのかもしれない。

何せ、その香りは繁殖期の獣人女性が放つフェロモンに似た効果も持っている。異性、つまり男にとってはなかなか刺激的でもあった。

（……思春期の者たちが落ち着かないのは、まあ、致し方ないな）

ちらちらとフェリシアを見たり、頬を赤らめたり、耐性のない若い世代が反応してしまうのは仕方ない。しかしやはり気に食わない。フェリシアはアルノシュトの妻で、番である。……他の者がそう思っていないとしても、そうなのだ。

（フェリシア自身もそう思っては……いないしな……）

今日もまた「貴方の愛を求めない」とはっきり言われてしまった。今の彼女はアルノシュトの好意を受け取ってはくれないだろう。

そんなことを考えて沈んでいたせいか、子供の淡く実りかけた気持ちについストップをかけてしまった。それはアルノシュトの余裕のなさの表れである。その前にウラナンジュが絡んできて心が波立っていたせいもあるだろうが、あまりにも己の器が小さくて呆れるしかない。

（子供のいう〝大人になったら〟なんて……告白としてとらえられるものでもないというのに）

自分の好意がフェリシアに伝わらないため焦りがあるのだろう。今日こそはと思っても、彼女から「貴方を愛しません」と宣言される度に口を閉ざしてしまう。そんなことを繰り返すうち真実を明かせないまま時間だけが経ってしまった。

そして自分が文通相手だと明かせていないから、それを尋ねられないでいた。

（……会いたい、と書かれたフェリシアの手紙は、どこにいったんだ？）

アルノシュトは訓練の時間を終えたら毎日あの大木に通っていた。しかしフェリシアが贈り物である結い紐を受け取っていた日、その返事の手紙は見つからなかったのだ。彼女にそれとなく尋ねてみれば、会いたいと願い出る内容を書いたという。……そこで会いに行けば、話せたかもしれないのに。

アルノシュトは彼女が指定した時間を知らない。

（この宴が終わってからの日程で誘ったと言っていたな。明日にでもフェリシアに予定をもう一度尋ねてみるか）

宴は最後まで盛り上がった。次々に空を跳びたがる獣人が声をかけてきて、フェリシアはそのすべてに応え、だんだんと顔色が悪くなり、彼女自身が放つ香りも薄れていく。

魔法を使うと魔法使いは疲れるのだと、それは魔法使いにとっての体力に等しいのだと気づいたのは焚かれた火が弱まり始める頃だった。宴も終盤となるとフェリシアも随分と疲れた様子になっていたが、魔法に喜ぶ姿を見る度満足そうに笑うから、止められなかった。……これは、彼女が望んでいる仕事なのだ。邪魔はできない。

だが宴が終われば話は別だ。フェリシアをとにかく休ませたい。

「……顔色もあまりよくないし、貴女の香りも随分薄くなった」

「ふふ、今ならアルノー様も私の香りで苦しくなりませんね」

アルノシュトは彼女の香りに苦しめられてなどいない。ただ、この香りを嗅ぐと彼女への好意や欲が湧き上がりそうになるから、それを必死に抑え込んでいるだけだ。……好きだと、ずっと昔から貴女が好きだったのだと、伝えることができていないから。

おかげで妙に落ち着きのない態度をとってしまい、それが余計に彼女の誤解を深めているらしいのだがどうしようもない。

「……そういうことではない。フェリシアはもう歩くな」

驚くフェリシアを抱き上げて帰路を急ぐ。そういえば抱きしめたのは初めてだ。彼女の体温を布越しに感じて、めまいがしそうだった。自分の鼓動が速くなるのが分かる。それを誤魔化すように速度を上げれば、フェリシアの細い腕がぎゅっとアルノシュトを抱きしめるのでたまらない気持ちになった。

（これは、良くなかったかもしれない。……抑制剤を多めに飲んでいて……正解、だな）

最近のアルノシュトは抑制剤の量を規定の倍飲んでいる。そうでもしなければ、フェリシアに指先で触れることすら憚《はばか》られるような状況だったからだ。感情は揺さぶられても体の欲の方はしっかり制御できている。薬がなかったらと思うと恐ろしい。

屋敷に帰り着いた時、フェリシアは赤い顔をしていた。呼吸も少し乱れていて、アルノシュトが全力で走ったせいで負担を掛けてしまったのかもしれない。……それなのに、潤んだ瞳に喉が鳴りそうで。もう休む、と言った彼女を抱きしめるのを我慢できなかった。

「おやすみ、フェリシア。……フェリシア？」

腕にかかる重みが増したと思ったらフェリシアの体がくたりと力なく折れそうになって、慌てて支えた。

嫌な音を立てる心臓、自分の血の気が引いていくのが分かる。だが確認した限りではフェリシアは眠っているだけで、苦しそうであったり、熱があったりということもなかった。……余程疲れたのだろう。

「……こんなに細い身体で無理をしたのか」

フェリシアの身体は小さく細い。それが魔法使いという種族の身体の特徴なのだろうが、自分との差が大きすぎて色々と不安になる。そっと抱き上げて彼女の部屋まで運び、ベッドへと寝かせた。

靴を脱がせ、髪を結う紐を解き、腰帯を緩める。……休みやすいようにしているだけなのに、妙な気が起こりそうになって首を振った。

夫婦とはいえ普通の夫婦ではないし、疲れて眠っている相手にそのような気分になるなんて許されるものではない。抑制剤が足りないのだろう。

フェリシアは小さな寝息を立てて眠っている。その額にかかる髪をそっと払いのけて、つい、唇を寄せた。

「フェリシア。……好きだ、愛してる」

起きている間に伝えなければならないことだ。今言ってもなんの意味もないと分かっている。それでも止まらなかった。

「ずっと、貴女を探していた。俺が恋をしたのは貴女で……俺は、貴女以外愛せない。貴女にだけは愛されたい。……けれど俺のために〝愛さない〟と言ってくれた貴女は……こんな俺を、愛そうと思ってくれるだろうか」

告白が許されるのは一度きり。彼女への申し訳なさはもちろん強くあるが、おそらくそれだけではない。アルノシュトはフェリシアに拒絶されるのが怖いのだ。表面上夫婦という間柄であっても中身が伴わない関係で愛を告げるというのは、獣人として特殊だろう。離婚が許されない以上夫婦関係が解消されることはないとはいえ、拒絶されればそれ以上は求められない。この先がなくなるかもしれないのが、怖い。

「貴女と本当の番になりたい。……どうか俺を拒絶しないでくれ」

聞かれていないからこそ言える本音だった。卑怯だと思う。ちゃんと彼女を前にして言うべきだ。

これは彼女が――。

「起きてる時に言わなきゃ意味ないだろ」

「っ……シン。いたのか」

扉にもたれかかってこちらを見ているシンシャの輝く目。己の行動を責められているように感じるのは罪悪感があるからだろう。

彼の言葉通り、これはフェリシアが起きている時に伝えなければ意味がない。今呟いた言葉は自己満足でしかないと、しっかり自覚している。

「今日も泊まりにくるって言ってたはずだぜ。俺が部屋に入っても気づかないなんてよっぽどだな」

「フェリシアしか見えていなかったからな……」

「そういう台詞を本人に言えってば。……いや、お前の場合ちゃんと番になる意思があるって伝えてからじゃないとダメだな。思わせぶり野郎にしか見えない」

そう言われてふと、己の行動を振り返る。好意が溢れて我慢できずに色々出てしまっている気がした。謝りあぐねているうちにさらに悪行を重ねていたのでは、と息を呑んだアルノシュトにシンシャが呆れた顔を見せる。

「どうりで最近ミーナがお前に対して刺々しい評価をすると思った」

「……明日……明日こそ、すべて伝えようと、思う」

もう遅いのかもしれない。けれどこれ以上悪くなる前に伝えるべきだ。たとえ告白を受け入れられなくても、彼女に嫌われてしまうよりはそちらの方が良い。

「おう。覚悟が決まったならいいじゃねぇの」

「ああ。……また明日。ゆっくり休んでくれ、フェリシア」

彼女の部屋をシンシャと共に出て、自室に入る。夜遅くまで友人に相談に乗ってもらい、明日フェリシアに伝えるべきことはしっかりと頭の中にまとめた。


翌朝、いつも通りの時間になってもフェリシアは眠っているようだった。魔力や体力の回復が必要なのだろうと思い、声をかけずに一人で食事をすませ、昼には訓練へと出かけた。

訓練を終えたら真っ直ぐに家へと向かう。今日こそ話すと決めたのだから。……だが、帰宅してもフェリシアは屋敷の中に居なかった。

五章　解いて、結ぶ

　昨日の疲れのせいか、目覚めると日は随分と高くなっていて、時間を確認したら正午を過ぎていた。

　アルノシュトはあの後気絶するように眠った私を運んで寝かせてくれたのだろう。結い紐は枕元に置かれていて、服は昨日の宴衣装のままだったため少し慌てて脱ぎ、皺になっていないことを確認して安堵する。せっかくなのでそのまま風呂の用意をして、身を清めることにした。

（今日は約束の日ね。……アルノー様に言いそびれてしまったわ）

　目が覚めた時にはアルノシュトが出かける時間になっていたのだ。手紙の相手に会いに行く時は言ってくれと頼まれていたのに申し訳ない。帰るのが遅くなるかもしれないから、せめて書き置きを残していこう。

　手紙の相手はどんな人だろうか。それを考えればわくわくと心が躍り、つい浴槽で歌を口ずさんでいたら浴室の戸がノックされて少し驚く。続いて聞こえたのは聞きなれたミランナの声だった。

「フェリシア、お風呂入ってるの？」

「え、ミーナ？　……もうそんな時間？」

「いつもの時間だよー」

　私の首枷が外れてからしばらくして、ミランナはアルノシュトが家を出る時間が過ぎてから来るようになった。顔を合わせると文句を言いたくなるから時間をずらしているらしい。彼女が訪れる前には出るつもりだったのだが思ったより長湯してしまったようだ。

「ごめんなさい、直ぐに出るから部屋で待っていて」

私が部屋にいなかったから浴室まで探しに来てくれたのだろう。彼女には暫く自室で待っていてもらうことにして、急いで浴槽から出た。すぐに魔法で髪を乾かし、服を着て浴室を後にする。

「お待たせ。待たせてごめんね」

「いいよー。でもこんな時間からお風呂に入るなんて珍しいね。……手紙の人に会うから？」

「ふふ、違うわ。昨日の宴で疲れてすぐ眠ってしまって、お風呂に入れなかったから」

手紙の彼が来てくれるなら今日会えるし、それが楽しみなのは事実だ。贈り物の結い紐で髪を結ったところで自分の体が空腹を訴える音を立てた。

「ごはんもまだだったんだ？」

「ええ。今から厨房に行ってみようと思うけれど、ミーナも少し食べる？」

「私は食べてきたから……あ、でも飾り切りの果物があったら食べたいなー」

「飾り切りの果物ね、分かったわ」

厨房に行くと私を見たゴルドークが尻尾を振って迎えてくれた。すでに用意されていた料理を素早い動きで持ってきてくれたので、飾り切りのフルーツだけ追加をお願いする。

「よかった、フェリシアが起きてこないと聞いて心配でした。旦那さまも元気がなかったですし」

「疲れ切っていたみたいで……ごらんのとおり元気です。昼以降はまた出かけるつもりですし」

「……無理はしてないですね？」

「ええ。……ありがとうございます」

すっかり上達して可愛く出来上がったウサギのリンゴを受け取って、ミランナの待つ自室へと戻った。彼女は飾り切りの果物がお気に入りなので嬉しそうに食べている。

用意されていたのは厚めの生地で具材を包んだ、冷めても美味しいヴァダッド料理だ。私がいつ起きてもいいようにとこれを用意してくれたのだろう。私の食事と一緒にミランナもフルーツに手を出している。

「飾り切り、可愛くて好き。でもこれはちょっとフェリシアのと違うような？」

「これは料理人が作ってくれたの」

「え？　料理人って猿族？」

「いいえ、犬族よ」

猿族は器用な種族だと聞く。こういう技術を使うのはほとんどが猿族であるらしいので、彼女は犬族だと聞いて驚いたようにリンゴを眺めていた。最初は拙かったけれど、練習の成果が出ている。ウサギは習得できたので今はペンギンを練習しているところだ。

「へぇ、すごいねその人。犬族で器用なのは珍しいよ」

「そうなの？」

「うん。興奮しやすいし、尻尾バタバタするし。感情の盛り上がりが激しいから集中力があんまりない」

尻尾バタバタ辺りは関係なさそうだが犬族は集中力がないらしい。ゴルドークは何事にも一生懸命なイメージだったので意外だった。珍しい性質なのだろうか。

そういえば、犬に似た狼はどうなのだろう。最近のアルノシュトはよく尻尾を振っているがやはり感情の起伏が激しいのだろうか。表情は硬く、声の調子もあまり変わりはないのだけれど。

「会ってみたいからアルノシュトに頼もうかなぁ……うーんでも……フェリシア、アルノシュトは変わりない？」

「…………ええ」

アルノシュトは相変わらずだ。相変わらず、家族としての好意を伝えてくれる。スキンシップも多く、昨日など――抱きしめられたことを思い出して顔に熱が集まった。それを見たミランナの耳と尻尾の毛が軽く空気を含んだように膨らむ。

「その様子じゃ昨日も何かやったんだ」

「私が勝手に、そう感じてしまうだけよ」

「違うよ。……私にもそう見えるんだから、フェリシアはもっとそう感じるはず。アルノシュトが悪いよ。フェリシアがこんなに……」

ミランナはそれ以上言わなかったが、私の気持ちを察してしまっているのだろう。苦笑していると彼女の普段上向きの耳の先が横を向いた。しょんぼりさせてしまったようで、軽く首を振る。

「ミーナ、ありがとう。心配してくれてるのよね」

だからアルノシュトの態度に怒るのだろう。彼女とて、アルノシュトのことが嫌いではないはずだ。兄の友人であり、私がヴァダッドに来たばかりの頃に呼ぶくらいの信頼関係はある。

ただ彼女は私の気分が落ち込みそうになるから、それが嫌なのだと思う。……早く吹っ切れたいものだ。

「……うん。私はフェリシアが幸せになれるならどんな道を選んでもいいと思うよ」

「ふふ。ありがとう」

「手紙の人を好きになってもいいと思う」

「それはどうかしら。……でも、会ってみたいし、楽しみよ」

国境の大木に向かう途中まではミランナもついて来てくれることになっていた。けれど逢瀬の邪魔はできないから、見えない位置で私の帰りを待っていてくれるという。

遅くなるかもしれないし悪いと断ろうとしたが頑として譲ってくれなかった。猫族は自分で決めたことを他人に何か言われて曲げるような性質ではない、と言われたので私が折れた。

手紙の彼が来てくれたらたくさん話をしたい。だから敷物と飲み物を持って、国境へと出かけた。日暮れより先に到着し、洞の中を確認したが手紙の返事はない。来てくれるか、来てくれないか。その時間になれば返事が分かるということだ。

私は静かに誰かが来るのを待つことにして、敷物を広げてその上に腰を下ろした。冬も近づいてきているので吹く風が冷たく、長くいれば体を冷やしてしまいそうだ。上掛けなどを持ってくるべきだったかもしれない。

(来てくれないかもしれないけれど……でも、夜まで待ちましょう)

そうして日が傾き、空が茜色へと染まり始めた頃。頭上から大きく羽ばたく音がして顔を上げる。

見覚えのある獣人が空から降りてくるのが見えた。

「こんばんは、フェリシア。昨夜ぶりですね」

「ラナ……？　どうしてここに？」

普段は布に覆われた両腕が晒されていて驚く。腕と翼が一体になったような形で、鳥の種族はこの腕で飛べるらしい。彼の服の袖が他の者たちよりゆったりと長いのは大きな翼を収めるためなのだと理解した。

袖を縛り上げていた紐を外して翼を服の中に隠した彼は私を見つめながら首を傾げる。

「ちょっと用事がありましてね。君こそ何故こんなところに？」

「私は……約束が、ありまして」

「おや、どなたと？」

心臓の鼓動が緊張と期待で速くなる。もしかして、彼なのかと。この時間にここに現れるならその可能性が高い。しかしどうも私の中の手紙の相手とウラナンジュの印象が重ならない。

確かめてみなければ分からない。確認する必要がある。

「友人と。……とはいっても、会うのは初めてで……来てくれるかも分からないのですが」

「それは不思議な友人ですね。手紙のやり取りでもしていたのですか？」

「……何故、それを……」

明るい山吹色の目をゆっくりと瞬かせ、ウラナンジュが懐から取り出したのは見覚えのある紙だった。それは間違いなく、私がこの大木の洞に出した手紙のうちの一つである。

「その手紙の相手が私だと言ったら、驚きますか？」

ドキリと心臓が音を立てる。八年前からの友人、文通相手がウラナンジュであった。そう言われて、私は彼をじっと見つめる。ウラナンジュとはそこまで言葉を交わしたわけではない。けれど、やはり私には〝彼だ〟とは思えなかった。

「……違う、と思います。ラナではないでしょう？」

「ええ、仰る通り。私はただ、この手紙を見つけて、探しに来た相手に返しそびれてしまったのですよ」

その返答にほっとした。あっさりと別人であることを認めたあたり、元から冗談のつもりだったのだろう。たしかに「私が手紙の相手です」とはっきり言ったのではなく「私だったら驚きますか」と尋ねられただけだ。

しかし返しそびれたとはどういう意味なのか。ウラナンジュは私の文通相手の姿を見たような口ぶりである。

「返しそびれたとは？」

「はい。最近仲が悪い相手で、姿を見たら返す気がなくなりましてね。風下に隠れていてよかったと思いましたよ。見つかったら面倒なことになっていたでしょう」

「仲が、悪い相手……ですか」

「君の前でも口論をして、君を心配させてしまうくらいには仲が悪いですね」

彼の言葉で一人だけ思い当たる人間がいる。それは鼻の利く種族であり、彼を前にすると毛を逆立て怒る人物。優しくて生真面目な、手紙の印象とも相違ない。結い紐の深い赤の宝石はその瞳の色に似ている。

（アルノー様が、手紙の彼……？）

心臓がどくどくと音を立てる。喜びや驚き、戸惑いなど様々な感情が頭を巡った。まさか文通相手が同じ屋根の下で暮らしていたなんて、誰が予想できただろうか。彼は気づいていたはずなのに、何故言ってくれなかったのだろう。

すっかり頭が混乱してしまっている。とてもじゃないが、今の心境のまま帰ってもアルノシュトと落ち着いて話すことなどできなさそうだ。

「驚きすぎて、どうすればいいのか……心の整理がつきません」

「では、少し話をしませんか？　普段はあれがいて君とまともに話せない。……私も君との時間が、欲しかったのです。手紙《これ》を奪ってしまったのは申し訳ありませんが……」

「いえ……」

私が想定している人物が手紙の相手で間違いないならウラナンジュが手紙を返せなかったのも分かる。最近の彼はウラナンジュを前にすると嚙みつきそうな勢いで、もし自分宛の手紙を持っていかれたと知ったら怒髪冠を衝くといった様相になるのは想像ができるからだ。

「フェリシアは帰ればいくらでもこの手紙の相手に会えるのですから。……私にも時間をください」

私の長年の文通相手はアルノシュトだった。その事実に混乱しつつも納得する。頭を整理する時間が欲しかった私はウラナンジュの提案に乗ることにした。

それに「君と話す時間が欲しい」という願い事は随分いじらしく思える。彼の言う通り、帰ればいくらでも手紙の彼《アルノシュト》と話せるし、私の知らないアルノシュトの話も聞けるかもしれない。

「ええ、ラナ。お話ししましょう。……そうしたい、と言ったのは私だもの」

「それはよかった。……けれどまず、手紙を盗んでしまったことを謝ります。私はどうしても、君のことが知りたかった」

深く頭を下げたウラナンジュは私の手紙を返してくれた。たしかにこの手紙を奪われてアルノシュトに届かなかったことは残念だが、私に怒りの感情はない。彼がちゃんと謝罪してくれたからかもしれないし、知りたかった答えを手に入れたからかもしれない。

（それに……ラナは返してくれたもの。このあと私からアルノー様に渡してもいいのだし）

そもそもこの手紙のやり取りは人気のない国境だったから成立したもので、確実に互いの家に届くような郵便とは違うのだ。誰でも見られる場所に置いてあった。いつかはこうして誰かに見つかって、手紙をすり替えられたり、盗まれたまま帰ってこなかったりした可能性だってある。

そうならなかっただけ、見つけたのがウラナンジュでよかったと思うこともできた。

「お詫《わ》びにもなりませんが私が知るアルノシュトの話でもいたしましょう。思いっきり恥ずかしい話を思い出すので少々お待ちを」

「まあ、ラナ。……けれど聞いてみたいです。良かったらこちらに座りませんか？」

「ええ、ではありがたく」

敷物に座るように誘ってみると素直に受け入れてくれた。ウラナンジュと並んで座りながら言葉を交わす。

待っていた人は来なかった。けれどその人は私と同じ家に帰ってくる。家にいてもこの落ち着かない気持ちを抱えてそわそわと彼の帰りを待つだけだろうから、誰かと話をして心をなだめたい。いい機会でもあるし、しばらくウラナンジュに付き合ってもらうことにしよう。


「――ということがありましてね。アルノシュトの堅物は昔からです。私の冗談が通じません」

「ふふ。ラナは迫力がありますから、冗談だと分かりにくいのかもしれませんね」

ウラナンジュと二人で話すのは初めてだったが彼は意外にも冗談が好きで、話をするのが上手い。何度か笑っているうちに気持ちが解れて、自然と様々な話ができた。おかげで随分と心の整理もついたので、この後はアルノシュトとも落ち着いて話せそうだ。

結構な時間話し込んでいたせいであたりはもう真っ暗になっている。星や月が輝くようになり、空気も冷えて指先が冷たい。

「これ以上は君の体に負担を掛けてしまいますね……残念、もう君とこうして過ごすことはできないでしょう」

「そうなのですか？　以前は屋敷に会いに行く、とおっしゃっていたのに……来られない理由があるのでしょうか？」

私はこの短時間でウラナンジュに親しみを抱いていた。それなのにまるで二度と話せないのではないかと思えるほど、彼の声には哀愁が滲んでいる。何故急に距離を置こうとされるのか分からず、いささか混乱してしまう。

「理由ですか。……君はあの男が好きでしょう？」

面と向かってそれをはっきり言われたのは初めてだ。ミランナも気づいていただろうが、口にはしなかった。胸がぐっと詰まったような心地になるのはきっと、私がいくらアルノシュトを好いても好かれることはないからである。

「だからね、フェリシア。私は君と適切な距離を保たなければなりません。本当に全く、忌々《いまいま》しい狼ですよ」

「よく、意味が分からないのですけれど……」

眉を寄せて「忌々しい」と口にしていた彼は、戸惑う私を見て表情を和らげた。梟である彼には感情を表す耳や尻尾がないのに、穏やかな眼差しが寂しげに見えてならない。

「伝わらなくて結構ですよ。明日にはおそらくすべてが変わっているでしょう。……だからこれが最後です」

ウランジュの温かい手がそっと私の手を取る。またキスをされるのかと思ったら彼は私の手を自分の頰に当てた。おそらくこれも獣人たちの一種の頰ずりなのだろう。猫や狼とは違うが梟のそれなのだと、驚きはしたがすぐに理解できた。

「アルノシュトはうじうじと悩んで手紙のことを言い出せないだけでしょう。帰ったら、君から話をしてみればいい。そうすれば君の悩みもきっと……ああやっぱり忌々しいですね、あの狼男は」

「ラナ……本当にアルノー様が嫌いなのですね」

「嫌いというか、持っているくせに不幸ぶっているところが気に食わないだけですよ。横から掻っ攫ってやりたくなります」

そう言いながら彼は私の手から名残惜しんでいるかのようにゆっくりと離れた。彼の体温のおかげか、冷えていた指先が少し温かくなっている。

「屋敷まで送ってさしあげたいところですが、待っている者がいる様子ですね。フェリシア、お気をつけてお帰りください」

「！　ありがとうございます、ラナ。それではまた」

「ええ。……また、どこかでお会いしましょう」

どうやらまだミランナは近くで待っていてくれるらしい。さすがにもう帰っていると思っていた。荷物を慌ててまとめ、ウラナンジュに別れを告げたら屋敷の方に小走りで向かいながら彼女の名を呼ぶ。するとすぐに慌てたように飛び出してきた。

「フェリシア！　何かあった!?」

「あ、いいえ。ミーナを待たせてしまっていると思って……」

「そっかぁ……危ない目に遭ったわけじゃないならいいの。手紙の人はどうだった？」

「ふふ、それがね……」

現れたのは別人で、その人は手紙の相手がアルノシュトだと教えてくれた。そう話した途端ミランナの耳と尻尾がピンと立ち上がる。何かに気付いた、という様子だった。

「ふぅん……？　そっかぁ、なるほど……」

「どうしたの？」

「フェリシアは早く帰った方がいいかも。きっとアルノシュト、気が気じゃないからね」

そういえば書き置きには手紙の相手に会うと書いてきたのだ。思っていたよりも長く話し込んでしまったので、アルノシュトも帰宅する頃だろう。あの書き置きを見たアルノシュトが「自分はここにいるのに」と困惑するのは間違いない。たしかに早く帰った方がいい。

ただミランナはとても機嫌がよくなったようで、鼻歌交じりにスキップしていた。屋敷の前まで来ると元気よく「じゃあまたね！　明日はゆっくり来るから！」と珍しい言葉を言い残して帰っていく。

（ゆっくり……？　大体いつもはできるだけ早く来る、と言うのに）

そんな彼女を不思議に思いつつ一度厨房へと向かい、空になった水筒などをゴルドークに預けた。私の表情が分かりやすく明るかったようで「フェリシアが嬉しそうでよかったです」と片付けを引き受けてくれる。

（文通相手はアルノー様だったんだもの。……会いたいと思っていたけれど、傍にいたのね。アルノー様が妙な反応をしていたのもそのせい）

私が手紙の相手について話す時、彼はよく分からない反応を見せることが多かった。それもこれも自分だと言い出せず曖昧な態度になっていたのだと思えば納得だ。

しかし私がこの事実に気付いた以上もう隠す必要はない。思い出話もできるだろうと機嫌よく自室に戻ると人がいたので驚いた。暗がりの中に立ち尽くす人物をよく見れば小さな紙を手に持っており、アルノシュトが書き置きを見ていたところだったのだと分かって安心する。……知らない人間だったらどうしようかと、一瞬警戒してしまった。

「アルノー様、ただいま戻りました」

「おかえり、フェリシア。……勝手に入ってすまない」

「いえ、構いません。私もそのつもりでここに書き置きを残しましたから」

アルノシュトの部屋には一度も入ったことがなく、そちらに持って行くのは憚られた。そして私の部屋に入ってもらう分には構わないのでこのテーブルに置いていったのだ。

さて、どう話を切り出すべきだろう。今目の前に、私の大事な文通相手がいる。そして彼は私が〝そうだ〟と知っていることをまだ知らないのだ。弾むような気持ちでアルノシュトの元まで歩く。

部屋には明かりが灯されていない。満月のおかげで普段よりは明るいが、それでも離れていては彼の顔が見えないのである。

「フェリシア、機嫌がよさそうだが……手紙の相手には、会えたのか？」

約束の時間には会えなかったが、たった今目の前にいる。それがおかしくて口元が笑ってしまう。私が知ったと伝えればきっと、アルノシュトはとても驚く。どんな反応を見せてくれるか少し楽しみなくらいだ。年甲斐もなく私の心ははしゃいでしまっているらしい。

「ふふ。それが、聞いてくださいませ。私が手紙の方を待っていたら、空からラナが降りてきまして」

「……ウラナンジュが？」

やはり順序立ててウラナンジュが現れたことから説明するべきだろう。はじめのうち彼は手紙の相手が自分であるかのような口ぶりで話していたが、私はそう思えなかった。そう伝えれば彼が本当の手紙の主を教えてくれたのだと。

「〝自分がその手紙の相手だと言ったら驚くか〟と言われて、私」

「違う……！」

それは聞いたことのない声だった。悲痛な咆哮《ほうこう》、とでも言い表せばよいだろうか。その声に驚いた次の瞬間、気付けば私は息が詰まるほど強い力で抱きしめられていた。

背中に回った腕の力と、押し付けられた胸板から聞こえてくる激しい心音だけを強く感じる。ただ昨夜とは打って変わって、アルノシュトの体は随分と冷たかった。

「っ……アルノー、さま……？」

「俺だ、フェリシア。ウラナンジュじゃない……！」

強い力なのに私を捕える腕は震えていて、まるで怯えているようだ。見上げたアルノシュトの顔は強張っていて、その大きな耳は弱々しく垂れ下がっている。

これは勘違いをさせてしまった。ちゃんと分かっていると、そう言いたくても上手く声が出せない。締め付ける力が、強すぎる。これは獣人と魔法使いの身体能力の差のせいだ。アルノシュトは己の制御を失っているし私の素の力では抗いようもないため、魔法がなければ気絶するしかなかったことだろう。

「貴女の手紙に何度も救われて、貴女に鈴蘭のハンカチを貰ったのは俺なんだ……っ！　俺には貴女だけしかいない。貴女だけが好きだ。だから、他の男には」

身体強化の魔法を使ってどうにか彼の私を抱く力に抵抗した瞬間、何か聞き捨てならない台詞が聞こえた。しかし今はとにかく、この力を緩めてもらわなければ会話などできそうにない。

「っ……あるの、さま、くるしい、です……！」

「！　すまない、大丈夫か……!?」

「ッ……大丈夫、です」

一気に力が弱まり、やっとまともに呼吸ができるようになった。突然入ってきた空気に体が驚いたようで咳き込んでしまう。苦しかったし痛かったけれど、そんなことはどうでもいい。

（今、私のことが好きだと……言った、のは……聞き間違いではない、はず）

アルノシュトは過去に想い人がいて、その人は死んでしまったから私を愛せないのだと言った。それが狼族の特性だから、本能だからどうしようもないのだと。それが私を好きだとは一体全体どういうことか。

（アルノー様は秘密の場所で出会ったどなたかを……）

彼が秘密の場所で出会った人物を思い出そうとして、その相手について、容姿や種族の情報が一切ないことに気づいた。獣人は種族ごとに性質があり、おおよその性格傾向があるようで、アルノシュトが性格や価値観を話す時は種族としての特徴もあげてくれる。しかし想い人についてはそれがない。出会ったとは言っても実際に顔を合わせたのではなく――相手の姿も知らないまま、手紙という形で出会ってつながったという意味だとしたら。

（彼が恋をしたのは……文通をしていた、私……ということ……？）

そう考えると急にあらゆる物事がつながりだした。アルノシュトが私の文通相手だと分かってもそ

れが彼の想い人とつながらなかったのは、アルノシュトが想い人の話をする時に手紙の話を一切しなかったからだ。

(手紙でしか知らない相手に恋をしたというのは……たしかに、言いづらいでしょうけれど……)

狼族の習性を考えればかなり言い出しにくいだろう。一目見たことすらない相手を愛してしまって、どこの誰かも分からないのに二度と他の誰も愛せないのだから。

(私が命を落としたと思い込んでいたのは……時期が、悪かったのね)

彼が想い人を亡くしたと勘違いしたのは私がマグノ南部の貴族学園に行ったせいだ。その時のアルノシュトは手紙の相手を獣人だと思っていて、国境からは正反対の場所に行くとぼかして伝えた私がヴァダッド北部へと赴《おもむ》いたのだと考えた。その時期にちょうど北部では魔獣による災害が起きてしまい、私は学園から出られない状況であったことがこの勘違いに拍車をかけた。

(いくら探してもにおいが残っていなかった、と……そのにおいは、私の刺繍にこもった魔力の香り……?)

そして彼の様子がおかしくなったのはバルトシークの宴の後、私の魔力封じを解いてから。魔力には香りというものが存在し——私は、魔力を込めた刺繍のハンカチを、別れ際に文通相手へと贈っている。その香りで探していたのなら、魔力を封じられた私が目の前にいても分からないのは致し方のないこと。

彼が恋をしたのは私だった。ただ、それを理解した途端に体が火を噴くように熱い。……一旦冷静にならなければ。

「すまない。我を忘れてしまって……」

「いえ……ラナが言ったとおりでした」

明日にはすべてが変わっている。私が屋敷に帰って、手紙の話をすれば変わるのだとウラナンジュは言った。彼は手紙を探しに来たアルノシュトの様子で察していたのだろう。そして私の気持ちも確認し、互いに打ち明ければ私たちの関係が変わると思った。……だから、距離を保つと宣言したのかもしれない。

「……どういうことだ？」

「私の文通相手はアルノー様だと。おそらく言い出せずに悩んでいるので、私から話してみればよい、と。……ラナは手紙を持っていって、私の文通相手を確認したかったようですよ」

ウラナンジュの話をアルノシュトに伝えた。隠れていたらアルノシュトが来たので手紙を返す気がなくなってしまって、代わりに彼が私の指定した時間に現れた。私はウラナンジュと暫く話してから帰ってきたのだと。

「……あの忌々しい梟め……」

その台詞がウラナンジュとそっくりで、おかしい。私はあの人を食ったような性格も嫌いにはなれないのだが、アルノシュトはそうもいかないらしい。……それは、きっと。ウラナンジュが私に見せていた態度が原因なのだろう。

「先ほどの言葉は、本当でしょうか？」

「ん、そうだ。俺が貴女と手紙のやり取りをしていた」

「いえ、そちらではなく。……私のことが好きだと」

彼の尻尾がピンと立ち上がった。動揺していたとはいえ口にした自覚はあるのだろう。そして、その気持ちも本物なのだ。なんだか涙が零《こぼ》れそうな気分になってきた。

私はずっと、彼の性質として絶対に愛されないのだと。不可能なのだと思っていたから自分の感情を殺そうとしていたのだ。

「私のことを……何度も、愛せないと……」

ついに言葉に詰まって俯いた。感情が渦巻くと、声にもならなくなるらしい。もっと早く教えてくれれば。もっと早く、私が気付いていれば。悩むことも苦しむこともなかっただろう。

「それは……本当に、すまない。俺は貴女に鈴蘭の刺繍をもらった時から……ずっと貴女が好きだった。貴女を、探していた。貴女だと分かったのは首枷を外した時で……それまで俺は、貴女に愛せないと言い続けていて……」

私が恋した相手だと知って、けれど自分が投げかけ続けた言葉に対し「私も愛さないので安心してほしい」という答えを出した私にどう真実を伝えればいいのか分からなくなった。申し訳なくて、今更「貴女を愛している」などと言えはしない。それに、私に拒絶されたらもう二度と愛したいと思ってもいけないからそれも怖かった、と言われた。

(獣人の告白は一度だけだとミーナが言っていたけれど……こういうことになるのね)

文化の違い、価値観の違いによる認識のすれ違いだ。彼も私が友人へと贈ったハンカチを愛の告白だと受け取り、その相手を失ったと思って六年を過ごしてきたのだ。文通相手が獣人だったら勘違いさせたのでは、と私が考えていた時よりも状況が悪い。想像以上に傷付けてしまったことだろう。

私が探し人だと気付いた彼も感情の整理をつける時間が必要だったのは、分かる。そうしているうちに文通も再開してどんどん言いづらくなっていただろうことも。しかし、それでも。

「もっと早くおっしゃってください。傷付きました」

「す、すまない……」

「私は貴方が愛せないとおっしゃったから、それを受け入れようと……貴方への気持ちをどうにか、捨ててしまおうとしていたのに……」

けれど、捨てられるはずもなかった。そして、捨てられなくてよかった。

目の前にある大きな体を抱きしめる。アルノシュトを愛して彼の愛を求めれば今の関係すら崩れてしまうと思っていたから。今以上の幸せなど望めないならせめて、今あるものを失わないように自分の感情を捨てようとしていた。そうなっていればきっと、無理やり開けた心の穴からこの瞬間に手に入るはずだった幸福が零れ落ちていたのだろう。……だから、捨てられなくてよかった。

「私はアルノー様をお慕いしております。……そして私も、六年もの間貴方に辛い思いをさせてごめんなさい」

これは私が謝りたかったことだ。すべては勘違いによるすれ違いから始まった。無知が罪だとするならどちらも悪くて、知らぬ過ちを赦すとするならどちらも悪くない。私たちはこれまでお互いを知らな過ぎただけ。

このような行き違いを失くすために私はヴァダッドの、アルノシュトの花嫁となった。自らが体験して、身をもって知る。私たちはもっとお互いを理解するべきだ。

「あの時のハンカチは友人への贈り物でしたが……今度は、妻としての愛情を込めて贈らせてくださいませ」

「……ああ、もちろんだ。……フェリシア、好きだ。貴女を愛してる」

「はい。……私も愛しています」

激しく振られる尻尾が風を切る音を聞きながら、初めて重なった唇の熱が心地よくてくすぐったい。

これから私たちは本当の夫婦になれるだろう。

——そう思ったがしかし。その夜も別室で眠ることになった。

「同じ部屋で眠るのは危険だ。だから、また明日」

そう言い残して彼は私の部屋を出ていった。……何故か相変わらず、アルノシュトの様子はおかしいままである。

だがこのままで終わらせるつもりはない。すれ違いも勘違いも、もう充分だ。明日はしっかり、その理由を問いただそうと心に決めた。

日が沈み切った頃、アルノシュトが屋敷へ戻るとフェリシアの姿はなかった。探してみると彼女の部屋に書き置きが残されているのを見つけ、それを手に取る。

『手紙の御方に会いに行って参ります。少し遅くなるかもしれませんが、心配なさらないでください』

フェリシアの整った美しい文字だ。獣人に偽装できるものではないので間違いなく彼女の書き置きである。文通相手であるアルノシュトがここにいる以上、フェリシアは待ちぼうけとなっているだろう。

（まさか宴の翌日だったとは……今から行くのは、遅いか？　フェリシアもすでに諦めて帰ってきている頃だろうか）

フェリシアが時間を指定した手紙は見つかっていない。風で飛ばされたということはないと思うが、小動物が持って行ってしまった可能性はあるだろう。もしくは、誰かに盗まれたのかもしれない。しかし、誰とも知れぬ人間の手紙をわざわざ盗んでいく理由も分からない。

どちらにせよ今日、話すつもりではあった。フェリシアが戻ってきたら正直に手紙を紛失して時間が分からなかったのだとそう告げて、会いに行けなかったことを謝ろう。

――そう思って彼女の帰りを待っていたが、遅い。日が沈んで一時間以上は経っている。もしや何かあったのかと、やはり探しに行くべきかと落ち着かず、フェリシアの部屋にもう一度書き置きを確認しに行った。

（他に何も書かれてはいない、な。遅くなるとは……どのくらいなんだ。やはりまだ、待っていて……？）

それならば今からでも向かうべきだ。そう思い直したところで部屋の扉が開かれ、とても機嫌のよさそうな顔で現れたフェリシアに驚いた。……待ち人が来なくても、そんなふうに笑っていられるものだろうか。

「アルノー様、ただいま戻りました」

「おかえり、フェリシア。……勝手に入ってすまない」

「いいえ、構いません。私もそのつもりでここに書き置きを残しましたから」

彼女はとても明るい表情で、こらえきれないという雰囲気の笑みを浮かべながらアルノシュトの傍までやってくる。とても、約束した相手が現れずに落ち込んでいるようには見えなかった。

フェリシアの様子に嫌な予感を覚え、耳や尻尾に重さを感じながらその疑問をぶつけてみる。

「……フェリシア、機嫌がよさそうだが……手紙の相手には、会えたのか？」

「ふふ。それが、聞いてくださいませ。私が手紙の方を待っていたら、空からラナが降りてきまして」

「……ウラナンジュが？」

何故そこでウラナンジュが出てくるのか分からないが、アルノシュトの頭には一つの嫌な予測が立った。つまり、手紙を盗んだのはウラナンジュであり――彼は、フェリシアの文通相手として彼女の前に現れたのではないかと。

「〝自分がその手紙の相手だと言ったら驚くか〟と言われて、私」

「違う……！」

とられてしまう。咄嗟にそんなことを思って、腕を伸ばした。か細い身体をかき抱くように腕の中に収める。逃さぬように、誰にも奪われぬように。

違う、ウラナンジュじゃない。八年前から積み重ねてきた時間も、気持ちも、すべて奪われてしまうなんてとても耐えられなかった。彼女から刺繍のハンカチを贈られたのも、彼女に結い紐を贈ったのも全部アルノシュトだ。ウラナンジュでも他の誰でもない。

「俺だ、フェリシア。ウラナンジュじゃない。貴女の手紙に何度も救われて、貴女に鈴蘭のハンカチをもらったのは俺なんだ……っ！　俺には貴女だけしかいない。貴女だけが好きだ。だから、他の男には」

「っ……あるの、さま、くるしい、です……！」

「！　すまない、大丈夫か……!?」

普段から脆そうだか弱そうだと思っているのに強く抱きしめすぎた。力を緩めると彼女は赤く染まった顔で軽く咳き込んでいる。申し訳ない上に情けない。悪いと思っているはずなのに、腕の中から解放できずにいる自分がみっともなくて仕方がない。……そうでもしなければ、離れて二度と触れられない気でもしているのだろうか。

「大丈夫、です」

「よかった……すまない。我を忘れてしまって……」

「いえ……ラナが言ったとおりでした」

「……どういうことだ？」

「私の文通相手はアルノー様だと。おそらく言い出せずに悩んでいるので、私から話してみればよい、と」

おそらく今のアルノシュトは随分と情けない顔をしているのだろう。腕の中のフェリシアは笑いながら話してくれた。

ウラナンジュは初めこそ自分が文通相手と捉えられかねない言い方をしたが、フェリシアが「違うと思う」と答えれば素直に別人だと認めた。ただ彼女を見かけて何をしているのか気になり、手紙を見つけたウラナンジュは、誰が来るのか確認してから手紙を返してやろうと思ったらアルノシュトが現れたので――。

「返す気がなくなったそうです。風下に隠れていてよかった、と」

「……あの忌々しい梟め……」

梟族は非常に視力に優れ夜目も利く。日中は見え過ぎぬように色のついた眼鏡をかけている程だ。そんな梟が己の見える限りの範囲で大きく距離を取り風下にいたのなら、アルノシュトに見つけられないのも道理であった。

どうせ手紙を探して大木の周りをうろうろと歩き回っていたのも見ていたのだろう。それをあの男に見られていたのかと思うと羞恥と怒りが湧いてくる。

それにこんな時間までフェリシアと話し込んでいたというのも心底腹立たしい。しかもそこはアルノシュトにとってとても大事な場所である。そんなところで、彼女と二人きりで話をしたというのだろうか。それは逢引と言っても過言ではないはずだ。

狼の妻だと知った上で逢引をしようなど夫に噛み殺されても文句は言えない。唸り声も漏れそうになるが――そもそも、アルノシュトがフェリシアに事実を打ち明けておらず、周りの誰もアルノシュトとフェリシアを〝番〟としては認識していないと思い出して気分が沈んだ。

「……先ほどの言葉は、本当でしょうか？」

「ん、そうだ。俺が貴女と手紙のやり取りをしていた」

「いえ、そちらではなく。……私のことが好きだと」

アルノシュトの心臓がどきりと跳ねるのに合わせて尻尾がピンと立った。感情が乱れて勢いで口を滑らせてしまったことを思い出す。シンシャに相談に乗ってもらい、まず手紙の相手であることを明かし、それからちゃんと誤解を解いてフェリシアへの好意を伝えるという順番を立てていたのに。

これでフェリシアに拒絶されたらアルノシュトは二度と彼女への好意を示せなくなる。もっとしっかり、事情を話してから伝えるべきだったと血の気が引いていく。

「……私のこと……何度も、愛せない、と……」

「それは……本当に、すまない。俺は貴女に鈴蘭の刺繍をもらった時から……ずっと貴女が好きだった。貴女を、探していた」

話す内容はまとめていたはずなのに上手く話せない。とりとめのない話をフェリシアは俯きながら黙って聞き、アルノシュトの言葉が止まるとようやく顔を上げた。美しい黄金の瞳に涙がたまっていて、酷く慌てる。何故泣かせてしまったのかが分からない。

「もっと早くおっしゃってください。傷付きました」

「す、すまない……」

「私は貴方が愛せないとおっしゃったから、それを受け入れようと……貴方への気持ちをどうにか、捨ててしまおうとしていたのに……」

細腕が弱い力でアルノシュトの体を抱いた。何が起きたのか、何を言われているのか。一瞬理解できずに呆然としていると、背中側の布を引っ張られて意識を戻される。彼女の腕ではアルノシュトの胴を一周できないので服を摑んだらしい。

（自分のことに必死で、周りが何も見えていなかったんだな。……この目を見れば、分かる。フェリシアも、俺を……）

真っ直ぐ見つめられれば伝わってくる。彼女は自分を求めてくれているのだと。何故それに、もっと早く気付けなかったのだろうか。

「私はアルノー様をお慕いしております。……そして私も、六年もの間貴方に辛い思いをさせてごめんなさい。あの時のハンカチは友人への贈り物でしたが……今度は、妻としての愛情を込めて贈らせてくださいませ」

嬉しくないはずがない。すでに彼女からは三枚の刺繡入りハンカチを貰っている。しかしそのどれも、番としての気持ちが込められたものではなかった。今度こそ、本当に。それこそアルノシュトが望んでやまなかったものだ。

「……ああ、もちろんだ。……フェリシア、好きだ。貴女を愛してる」

「はい。……私も愛しています」

唇を重ねてもフェリシアが逃げることはない。受け入れてもらえたことが何よりも嬉しい。

相手の唇に自分の唇で触れるのはどの種族にも共通する愛情表現で、番になる者同士にしか許されない行為でもある。政略結婚で結ばれた、形だけの夫婦ではない。これからは番として彼女を愛していいのだと実感が湧き、そしてハッと気付いた。

（……こんなに細くて弱いフェリシアを番として愛したら……壊れて、しまうのでは？）

しかも今のアルノシュトは自分の欲を自分で制御できずに薬に頼っている有り様だ。このまま番らしく夜を過ごすなど、そのような危険なことを愛しいフェリシアにさせられるかといえば、させられるはずもない。

ようやく手に入れた、ずっと想い続けていた大事な番なのだ。壊れ物を扱うように優しく接して、決して傷付けないようにしたい。

食事を共にした後、フェリシアはどこか気恥ずかしそうに指を組みながら、己の指先を擦り合わせていた。

「そろそろ入浴をしようかと思います」

「ん、そうか。なら俺も貴女の後に入ろう」

離れるのは名残惜しい。本当はひと時も離れず傍にいたい。しかしそれではいつ薬の効果が弱まって、繁殖期の本能が剝き出しになるか分からない。フェリシアを大事にすると決めたのだから、と己を制して立ち上がる。

「同じ部屋で眠るのは危険だ。だから、また明日」

「……え？」

「俺は貴女を大事にする。……おやすみ」

驚いたように目を丸くするフェリシアの鼻先に口づけを落とし、自室へと戻った。今日もまた泊まりに来ていたシンシャがアルノシュトの姿を見てきょとんとしている。

「戻ってくるの早くねぇ？　……告白、したんだよな？」

「ああ」

「その様子じゃ成功したんだろ？　……戻ってくるの、早くねぇ？」

シンシャが何を言っているのか理解するまでに数秒かかった。つまり彼は仮の夫婦ではなくしっかり番になって、その上婚姻済みなのに繁殖行為に及ばなかったのか、と尋ねているのだ。

「……俺が抱《愛し》いたらフェリシアを傷付けそうでな……」

「はぁ!?　おま……待て、お前抑制剤を規定以上に飲んでるんじゃないだろうな」

「ん、よく分かったな。今朝は三粒飲んだ」

抑制剤は本来一日に一粒だ。二粒でも効きが鈍いと感じたので三粒に変更したばかりである。それを聞いたシンシャは深いため息を吐いた。

「あのな、好きな女を抱きたくなるのは正常なんだよ。繁殖期はそれが強くなりやすいし、お前の場合は初めてだからもっと強いんだろうけど……あっちゃいけないものじゃねーの。お前飲みすぎてあるべき欲まで減ってるだろ」

「…………昨日まではあってはいけないものだったんだ」

「ったく……多分フェリシアも怒ってるぞ。明日はちゃんと話せよ」

フェリシアが怒っていると言われて、その理由が分からずアルノシュトは首を傾げた。そんな姿にシンシャは思い切り呆れたように欠伸をして、ソファに身を沈める。

「まあ、明日が楽しみだな。痴話喧嘩は猫も食わないから、俺は夕方まで出かけるぜ」

そしてそんなシンシャの言葉通り、翌日のアルノシュトはフェリシアに詰められることになった。

終章　それは誰かが望んだ景色

翌朝、私の部屋を訪れたアルノシュトは勢いよく尻尾を振っていて、機嫌よく頬ずりをしてきた。昨日までであれば彼がこんな行動に出たら痛みで苦しくなっていた胸も、別の意味で鼓動が速くてぎゅっと詰まって苦しい。

（いけない、今日は……昨日の行動の意味を、問いただすのだから）

何故、正式な夫婦で番と思うようになったはずなのに寝室は別のままなのか。何か文化や風習の違いがあるのか、それを尋ねなければならない。

こういう話は朝食後にしよう、とまずは二人で厨房へと向かった。私たちの姿を見たゴルドークが何やら嬉し気で、朝食はいつもより豪勢に量を増やされている。……何か目に見える変化があるのだろうか。

食事中もずっとアルノシュトの尻尾は機嫌がいい。昨日の出来事が夢ではなく、お互いに気持ちが通じた証ではある。それに温かい気持ちになって色々と許してしまいそうになったが私は昨日、部屋に一人置いて残されたことにモヤモヤとしながら眠りについたのだ。

食事を終えて食器をカートへと移した後。食後に温かいお茶を蒸らす待ち時間に尋ねてみることにした。

「アルノー様。お尋ねしたいことがあります」

「ん、どうした？」

「……何故、まだ夜を別室で過ごされるのですか？」

勢いの良かった尻尾がピンと立って固まってしまった。ワインレッドの瞳をそっと逸らした彼は「それはだな」やら「その、なんというか」やらかなり口ごもってから説明してくれた。

「俺は今、初めての繁殖期で……上手く自分の欲を制御できずに抑制剤を飲んでいる」

「繁殖期……？　それに抑制剤とは何ですか？」

「……そうか、魔法使いにはないのか。繁殖期は、子孫を残そうとする本能が強くなる時期のことだ」

獣人にはそれぞれ種族ごとに繁殖期がある。そのほとんどは春や秋であり、その季節はどうしても子孫を残したいという本能が強くなるそうだ。その中で狼は、番と認めた者が傍にいなければ繁殖期が訪れない種族である。アルノシュトは私に恋をしたけれどずっと私と離れていたので今までその経験がなかった。

そして初めての繁殖期は強い衝動を覚えるので、薬で抑制するのが常識だという。さすがにこれはマグノにはない事情で想像もできず驚いた。

「その抑制剤を飲んでいると……夫婦の寝室を分けなければならないのでしょうか」

「いや、薬を飲んでいても強い衝動に駆られて貴女を傷付けそうなのが怖い。……ので……せめて、冬を迎えて一度落ち着いてから……と考えて、いる」

アルノシュトは昨夜、私に「貴女を大事にする」と言っていた。それはつまりこのことなのだろう。優しく真面目な彼らしいと言えば彼らしい。だがしかし、しっかり説明してもらわねば私には分からない。何故、と一晩中悩むことになってしまった。

「アルノー様。それは私にも話していただかなければ困ります。私は、全く文化も風習も違う隣国の花嫁として、ここにいるのですから」

「す、すまない」

「私はもう、勘違いもすれ違いもしたくありません。ですからアルノー様、何かある時はすべて教えてくださいませ」

違いを知るためにも言葉が必要だ。文化の全く違う二つの国で結ばれたこの夫婦関係を良いものにするためには、何よりも互いの考えや思いを相手に伝える努力がいる。私はそれを昨日、はっきりと自覚した。

「貴方だけにそれを求めるつもりもありません。私も包み隠さずお話しします。……せっかく愛しい御方と想い合っていると分かったのに、その御方と夫婦であるというのに、夜を離れて過ごしたのはとても寂しかったです。……昨夜、貴方に愛されたかったのですよ私は」

「ぅぐ……っ」

アルノシュトが顔を押さえて俯いた。その尻尾ははちきれんばかりに振られている。その感情は正の方向に振り切れているように見えるが、聞いてみるまでは分からない。彼の言葉が返ってくるのを大人しく待った。

「……今、フェリシアが愛おしくて、愛したくてたまらない気持ちだが……やはり、こんな状態では貴女を傷付けかねない、と思うし、そうなったら俺は自分を許せない。……もう少し、待っていてほしい」

「分かりました。……冬まで、ですね？」

「ああ。……冬まで、だ」

彼の症状は冬の訪れと共に一度落ち着くという。冬はもうすぐそこまで迫っているのだから、それならば今しばらくの辛抱だろう。

「冬はベッドの中に入ると冷たくて苦手でしたけれど……もう、寒くなくなるのですね」

生まれて初めて冬が待ち遠しい。尻尾を振り続けていたアルノシュトがようやく顔をあげたが、その頬は真っ赤に染まっていて、唇を固く結んだ真面目な表情が恥ずかしがっているようにしか見えなかった。

「……冬までに落ち着かなかったらすまない」

「まあ……そんなことがあるのですか？」

「分からない。だが、俺は……それくらい、貴女が好きだ」

どうやら私にも彼の熱が移ったようだ。顔が熱くなって自分の頬に手を添える。なんともむず痒《がゆ》い無言の時が流れる中、すっかり冷めた上に渋くなったお茶を口にしたら妙に可笑しくなってきた。

小さく笑っている私を見るアルノシュトの表情は柔らかく、鋭いはずの目も優しく見える。その後は穏やかに過ごして、正午を過ぎた頃に彼は訓練に行くと出て行った。

いつもならミランナが遊びに来ている時間になっても来客はなく、さらにそのあと一時間は経ってから彼女はようやく姿を見せた。昨日、ゆっくり来ると宣言していた通りだ。

「フェリシア、おめでとー！」

「え、急にどうしたの……？」

「だって、アルノシュトと番になったでしょ？　子供も早く生まれるといいね！」

ミランナがキラキラと輝くような目でお祝いしてくれた。たしかに私は彼の番になったのだろう。けれど子供の話はまだ早い。私が曖昧に笑っているとミランナは何かに気付いたように尻尾を立てながら瞳孔を細くした。

「まさか……たしかに、においが薄い……」

「ええと……その、ミーナ？」

ミランナが私に抱き着いてきた。しかしいつものように頬ずりするのではなく、首元のにおいを嗅いでいる。私から離れる頃には尻尾と耳の毛を膨らませていた。

「番にならなかったの⁉　アルノシュトを問いたださなきゃ！」

「あのね、ミーナ。違うのよ。……その、説明するから、聞いてくれる？」

マグノであれば夫婦間の事情など聞くものではない。しかしヴァダッドではどうやらそうでもないらしい。なぜなら夫婦関係の有無は対面の距離でもにおいで理解できてしまうものだから、隠しようがないのである。

彼女は昨日、手紙の相手がアルノシュトだと聞いて私よりも先に彼の気持ちを察した。お互いの認識をすり合わせれば自然と番となるはずだからと気を利かせてゆっくり来てみれば、何もなかった様子。それでアルノシュトがまだ何も言えずに私を悩ませているのかと憤慨してくれたようだ。……その誤解はしっかり解いておいた。

「そっかぁ……なんだ、それならいいや。フェリシアは今幸せ？」

「ええ。……幸せよ」

それは間違いない。本心から言える言葉だった。これ以上など求められるはずがないとどこか諦めていた頃とは違う。私は今、この先のさらなる幸福を求めることができるという状況にあるのだ。幸せでないはずがない。

「そっかそっか。うん、その笑顔はきっと本当に幸せだね。見たことないもん！」

見たことのない笑顔だと言われて自分の顔を触った。私を見ながら目を細めるミランナも、笑ってくれているように見える。

その日の夜、アルノシュトが訓練から戻ってくると一緒にシンシャがいた。二人でいるのはなんだかんだ初めて見たので珍しいと驚く。

「おかえりなさい。シンシャもこんばんは」

「おかえりアルノシュト！　今日は兄さんも一緒なんだ？」

「ん……ただいま。変わりなかったか？」

最近そっけなかったミランナから元気よく挨拶が飛んできたことに驚きながらアルノシュトはこちらに歩いてくる。シンシャは片手をあげただけで返事をするとあまり使われていないソファの方に向かっていき、ごろりと寝転がった。相変わらずとても自由な人である。

「アルノシュトごめんね。私、ずっと思わせぶり野郎だと思ってて」

「……いや……あれは俺が悪い」

「うん、あの行動はダメだと思う。フェリシアがかわいそうだった」

「……それはシンに言われて気付いた。ミランナにもいろいろ気遣わせたようで、すまない」

銀灰色の耳と尾がしゅんと垂れ下がる。ミランナのあけすけな物言いは彼の心に刺さってしまうようだ。シンシャからも話をされていたというので、私が見かけなかっただけで彼らはよく会っていたのかもしれない。

「私もアルノシュトに態度悪くなってたからいいよ。それに今のフェリシアはとっても幸せそうだし。ね？」

ミランナが抱き着きながら私の顔を覗き込んできた。それに肯定を返して笑っていると、アルノシュトが尻尾を振りかけては止めるという妙な反応を見せる。

「どうかしましたか？」

「いや……ミランナがうらやましいな、と。俺も貴女を抱きしめたい」

「アルノシュトは冬までダメなんでしょ。それまで私がフェリシアを抱きしめててあげるからね！任せて！　あ、なんなら泊まっていい？　一緒に寝ようよー」

「………冬が待ち遠しいと思う」

二人のやり取りがおかしくて笑った。それを見て空を切る音を立てる尻尾と、耳元で聞こえるミランナの機嫌のいい喉の音が心地よい。

ふと、視線を感じてソファの方へ視線を向ける。シンシャが目を細めて笑うように、こちらを眺めていた。

「俺の言う通りだっただろ、フェリシア」

まだ私がヴァダッドに来たばかりの頃。夜に訪れたシンシャが「面白くなりそうだ」と言っていたのを思い出す。私としては「楽しいこと」「幸せなこと」という言葉の方が合っている。けれど、彼は面白いものを見るようにこちらを見ているので、彼の言い分も間違いないのだろう。

（……シンシャはこうなるのが分かっていたのかしら？）

空気を読むのが上手いこの白猫なら、それも不思議ではない気がした。彼は見えないところで人を助けているような節があるので、もしかすると私の知らないうちにいろいろとやってくれていたのかもしれない。

「なに、なんの話？　フェリシアと兄さんも仲いいの？」

「どうなのかしら。でも私はシンシャにも感謝しているの。とてもいい人よね」

「おい、目の前で褒めるなよ。アルノーが嫉妬するだろ」

シンシャが頭を掻きながら起き上がり、こちらに歩いてくる。アルノシュトはといえば、神妙な顔で頷いて「たしかに妬いてしまう」などと真面目に言っているものだからおかしくて仕方がない。

（想像、していなかったわ……こんな未来は）

白い花嫁衣裳に身を包み、マグノを出発した時。この政略結婚に、幸福な未来は想像していなかった。酷い扱いはされないだろうと思っていたけれど、私を大事に思ってくれる人が何人も出来るなんて思いもしなかった。

怒るなよ、とアルノシュトの肩を抱くシンシャ。兄さんも仲良くすればいいじゃん、と私に抱き着くミランナ。アルノシュトは無言だが、その大きな尾は音を立てて振られている。その中に私がいて、自然と湧き上がる幸福感に笑い声を漏らす。

私はヴァダッドの、アルノシュトの花嫁で本当によかったと。この先にはまだ、やるべきことも大きな苦難もあるかもしれないけれど、それだけは絶対に間違いないと、今目の前の光景に対してそう、思った。

愛しの名

ヴァダッドに冬がやってきた。気温に合わせて衣服も分厚い生地のものに衣替えである。しかし獣人たちは魔法使いより寒さに強いらしい。こちらの服は袖口が開いているので入り込む空気が冷たく寒いのだが、アルノシュトもミランナもその寒さは気にならないようだった。

だが、この寒さも悪いばかりではない。今朝などは嫁いでから一番の冷え込みであり、そのおかげかアルノシュトも抑制剤を飲まずに済むようになったのである。

「フェリシアが、というより魔法使いが寒さに弱いんだろうな。貴女の部屋には暖炉《だんろ》がないから……冬は俺の部屋で過ごすといい」

私の部屋は元々警備の観点から、外部の侵入がされにくい場所が選ばれた。それゆえに外とつながる煙突がない、つまり暖炉のない部屋だったのである。そのような理由で冬の間、アルノシュトの部屋に引っ越しすることになった。とはいえ隣室であるので大した作業でもない。家具はそのまま残し、着替えや趣味の道具を移しただけだ。

（……なんだか、落ち着かない）

アルノシュトの部屋にもヴァダッドらしい複雑な模様の絨毯《じゅうたん》が敷かれているものの、そちらにも他の家具にも派手な色を使っておらず全体的に落ち着いた雰囲気だ。それなのに私がそわそわと体をゆすりたくなるのは、緊張や期待の表れなのだろう。

結婚して半年。私達はその間、共に夜を明かしたことがなかった。だからこの夜が「初夜」と言っても過言ではないわけだ。……落ち着けるはずがない。

日中はどこか上の空で過ごし、ミランナも楽しそうな顔でいつかのように「明日はゆっくり来るね」

という言葉を残して帰っていった。そうして訪れた夜である。

狼《おおかみ》族であるアルノシュトの夜は遅い。私も嫁いでからそれに合わせた生活をするようになったので、今では深夜の二時を過ぎてから眠り、昼前に起きるようになっている。

しかしいつも眠る時間が近づいてきても眠気は一切やってこなかった。今まではこの時間までアルノシュトと語らっていたものだが、今日はなんとなく会話もせず思い思いに過ごしている。私は全く集中できない刺繍《ししゅう》をし、アルノシュトは剣の手入れをしていた。無言の空間で忙しなく揺れる尻尾《しっぽ》の音と互いの作業音だけが流れる。そうしているうちに彼は剣の手入れを終えたらしく、刃を鞘《さや》に納めて顔を上げた。

「フェリシア。……そろそろ明かりを消してもいいだろうか？」

「あ……ええ、どうぞ。私も、そろそろお終《しま》いにしようかと思っていましたから……」

どうせ集中などできていなかったし、さっさと刺繍道具を片付ける。自分の心音が聞こえるのではないか、というくらい強く心臓が鼓動し、寝台へ腰かけたところで部屋の明かりが消えた。暖炉の残り火と窓から差し込む月明かりだけが頼りの中、寝台の反対側からアルノシュトが声をかけてくる。

「……少し、話さないか？　やはり貴女と話さないと落ち着かない」

「……そうですね。私も、落ち着きません」

「よかった。……冷えるから中に入ろう。横になりながらでも話はできるからな」

毛布を持ち上げて誘われたので、そろそろと寝台に上がって身を横たえた。アルノシュトも向かい合うように寝転がると、互いの体を包むように毛布が掛けられる。触れていなくてもすぐ傍にある体温が、温かかった。

「……色々と考えていたんだが、何を話すか忘れてしまった」

「……そうなのですか？」

「ああ。……実はとても緊張している」

薄暗い中でも分かる距離に、いつも通りの真面目な顔が見えてつい笑ってしまう。「私も同じですよ」と答えたがアルノシュトの顔を見ていたら緊張は解れてきた。そしてそれは、お互い様なのかもしれない。私が笑っていると彼もだんだんと柔らかい顔つきになっていく。

「貴女が花嫁として来てくれてよかったと、心底思う。こちらの生活にはもう慣れたかもしれないが、初めての冬だからな。何か不都合はないか？」

「そうですね……やはり少し、寒いでしょうか。襟巻《えりまき》や手袋がほしいです」

「分かった、用意しよう。……今は冷たくないな、よかった」

毛布の中で私の手を探し当てたアルノシュトがそっと指を絡めてくる。私も存分に体温が上がっているはずだけれど彼の手はそれよりもさらに熱を持っていた。

「他にはないか？」

「……冬には関係ないかもしれませんが……アルノー様の呼び方がこのままでいいのか、気になります。愛称に敬称を付けるのは……もしかしたらいけないことでしょうか？」

「ああ……すっかり慣れてしまって気にしていなかった。たしかに愛称はそのまま呼ぶのが普通ではある」

ヴァダッドの文化の一つである愛称。アルノシュト以外の愛称を教えてくれた獣人たちには敬称を付けることなく呼んでいる。この国に来たばかりで愛称の文化も知らなかった頃にそれを教えてくれた彼のことは、相変わらず「アルノー様」と呼んでしまっているのだ。

「その、正式に……心身共に夫婦となりますし……これを機に改めましょうか？」

「……俺としてはどちらでも構わない。俺をそう呼ぶのはフェリシアだけだから……それを少し、得難く思っている。特別な気がするからな」

「ふふ……ではこのままに致しましょう」

彼と眠る前に語らうのは普段と同じなのに、寝台の上で向かい合って語らうだけで何故かいつもより心地よい。暗くてはっきり見えない分声が近いことや、同じ毛布の中でぬくもりを分け合っているような感覚がそうさせるのだろうか。

「愛称といえば私にはないものなので……少し不便です。こちらでは親しさの証ですし、アルノー様にも呼んでほしいのですけれど……」

彼だけではなく、ミランナを筆頭に愛称を教えて親愛を示してくれている獣人たちには是非《ぜひ》呼んでもらいたい。しかし彼らの愛称を聞いても規則性のようなものを感じないし、やはり自国にない文化なだけあっていまだ愛称の付け方が分からなかった。

「……俺でよければ……貴女の愛称を考えたい、と思うが……」

窺うように見つめてくるワインレッドの瞳に微笑を返した。それはとてもありがたい申し出で、断る理由もない。

「嬉しいです。お願いしてもよろしいでしょうか？」

「ん……〝リシィ〟と呼ぶのはどうだろう」

思ったよりも早い回答だったので驚く。しかしとても愛らしい響きの名で、耳によく馴染む。自分で愛称を考えた時は「フェリ」や「リシア」などが思い浮かび、どうもしっくりこないと不採用にしたのだ。

「とても気に入りました。こんなに素敵な愛称をすぐに思いつくのはやはり、愛称の文化が根強いからでしょうか？」

「いや。……実は前々から考えていた」

私に愛称がないことは早々に知れていた。しかし親が名付けるべき第二の名前を政略結婚の夫が付けるのは差し出がましいのではないかと悩んでいたという。番となった今ならおかしくない話かと言い出す機会を図っていたらしい。

「ありがとうございます。是非、これからはリシィと呼んでくださいませ」

「分かった。……リシィ」

思っていたよりも優しく甘やかにその名を呼ばれ、胸の内が熱くなる。アルノシュトも嬉しそうに目を細めて私を見つめていた。

「子に愛称をつけてそれを初めて呼べるのは名付けた親になる。それは、親としての特権なのかもしれないな」

「……急にどうしたんです？」

「貴女の愛称を初めて呼ぶのが俺で嬉しい、ということだ。この幸福を知っているのは……おそらく、この国でも俺だけだからな」

耳に心地よい低い声に満ちるのは愛情だ。それを感じ取って心が疼くようで、なんだか堪らない気持ちになる。今日、このまま眠ってしまうのはあまりにも惜しい。

「……明日には、ミーナにも教えてあげたいと思っています」

「ああ、ミランナも喜ぶだろう」

「はい。……だからその前に……今夜、アルノー様にたくさん呼んでいただきたいです」

握られている手に力を込めた。感情の昂りで体が火照り、目ですら熱を持っているようだ。じっとアルノシュトの瞳を見つめると、彼は驚いたように私を見つめ返し、彼の喉から小さな唸り声が漏れる。

「……分かった。リシィ……貴女を愛している」

「私も愛しています、アルノー様」

そっと優しく抱き寄せられ、柔らかい熱を重ねる。それから充分満たされるまで、彼は何度も私の名前を愛しそうに呼んでくれた。

一家団欒

ヴァダッドに嫁いでもうすぐ一年が経つ。近隣に住む獣人たちとは宴などを通して交流を重ね、彼らの中からも「魔法使い」に対する警戒が薄れてきたと感じるこの頃。あらゆる家から週に一度は招待状が届くことからもそれは間違いないように思われた。

だがしかし、獣人だけが魔法使いに友好的になっても意味はない。マグノ側も同じように変わらなければならないのだが、ヴァダッド内のことで手一杯であちらに手を出すゆとりがなかった。

先日ようやくバルトシーク領内及び隣接する領地に住むすべての種族の宴に参加し終えたので、一区切りがついたところである。もっと中央寄りの領地と縁を結ぶ前に、この辺りで国境付近のマグノ側の人間とも縁を広げたい。魔法使いと獣人の交流の場を作るにはどうするべきか。仕事仲間であり大事な夫であるアルノシュトに相談した。

「それなら数人を招待してごく小さな宴を開くところから始めたいな。最初に招くのは……貴女《あなた》の家族、というのはどうだろう」

「それは良いですね!」

彼の案についはしゃいだ声を上げてしまった。私も家族とアルノシュトには会ってほしいと常々思っていたし、私自身も久々の家族との再会を思うと嬉しくなったのだ。もちろん、賛成する理由はそれだけではない。

「ミリヴァム家の信用を得られればできることも増えるでしょうから」

私の実家であるミリヴァム家は辺境伯であり、マグノ側の国境一帯の領主でもある。貴族への影響力も申し分なく、領民からの信頼も厚い。そんなミリヴァム家がヴァダッドや獣人に対し信用を置いているとなれば周囲も少しずつ警戒を解いてくれるだろう。……娘を人質に取られているのだとか、娘に甘いだけだとかいう悪意ある見方をする者もいるかもしれないが。

「俺があちらに赴《おもむ》くことも考えたんだが……それは気を遣わせるだろうからな」

もし私がアルノシュトを連れて里帰りしたいと手紙を出したとしよう。そうすれば両親はあれこれと私たちを出迎えるために趣向を凝らしたがるに違いない。しかし同時にヴァダッドを知らない私の家族はアルノシュト――獣人への警戒もしつつ、獣人に対し偏見や敵意を持つものが近づかないよう気を張らねばならない。

それはこちらも同じことではあるが交流の場を設けたいのはこちらの要望であるし、迎える側として入念な準備を重ねる方が気分的にも楽である。

「すぐにでもお手紙を出して、相談してみましょうか」

「ああ。……本音を言うと俺が貴女の家族に会いたくてな。いい返事をもらえるといいんだが……」

「ふふ……心配はいらないかと」

期待と不安に揺れる銀灰色の尻尾に笑み零《こぼ》れる。嫁いでから家族とは直接顔を合わせていないが手紙のやりとりは頻繁《ひんぱん》にしていた。初めのうちは私の心配が多かった手紙もだんだんとヴァダッドやアルノシュトへの興味が滲《にじ》むようになっていた。実際にアルノシュトという人を目の当たりにすれば、僅《わず》かに残った不安や警戒も吹き飛んでいくだろう。

報告書や手紙に目を通している私の家族は、私の体験した文化についての知識を持っている。ほとんど何も知らないまま嫁いできた私よりもずっと、獣人について理解がしやすいはずだ。

たとえば獣人ははっきりと笑顔になることはない代わりに耳や尻尾で感情表現しているとか、呼び名の文化であるとか。事前の情報があるのとないのとでは全く違う。私よりも円滑なコミュニケーションが取れるはずだ。

そうして家族へ出した手紙で良い返事を受け取り、宴の準備を進め――無事家族をヴァダッドへ迎えることとなった。

「お父様、お母様お久しぶりです」

「ああ、フェリシア。……うん、元気そうだね」

宴の当日。国境にて私とアルノシュトは一台の馬車を出迎えた。中から出てきたのは難しい顔の父フレデリクと穏やかに微笑《ほほえ》む母のメリージュ。当主夫妻が出かけるため、次期当主の兄は留守を任されており、今日迎えたのは二人だけだ。

「お初にお目にかかります。……アルノシュト・フォン・バルトシークと申します。都合のいいようにお呼びいただければと思うが……アルノーと呼んでもらえたら嬉しい」

不安げに尻尾《しっぽ》を揺らすアルノシュトが差し出した手を父は迷わず取った。お互いに視線を交わして数秒、フレデリクは硬い表情を崩して微笑を浮かべる。

「フレデリク＝ミリヴァムと申します。娘から大変良くしてくれていると聞いているよ、ありがとう。私のことは……フレデリクと呼んでくれ」

「私もご挨拶を。メリージュ＝ミリヴァムと申しますわ。メリージュと呼んでくださいな」

二人ともこちらの呼び名の文化に合わせた挨拶《あいさつ》をしてくれている。アルノシュトはそれで少し気が楽になったようで、尻尾が軽く振られていた。

「貴方達に会える日を心待ちにしていた。とても嬉しく思っている。……ここから屋敷までは俺が警護を受け持つので、リシィは安心して家族と過ごしてくれ」

これは元から決まっていたことなので私も笑顔で頷いて家族と共に馬車に乗り込んだ。今回使われているのは御者のいらない魔動馬車であり、決められた道を自動で走る魔道具である。この先の道は私しか知らないため行く先を魔法で書き込み、外のアルノシュトに合図を送った。

「彼は外で本当にいいのかい？」

「走った方が楽だから、とおっしゃっていました。それと自分で確実に警護したいからと」

あとは私に家族とだけ過ごせる時間を作りたかったということもあるらしい。私も彼だけ馬車の外を走らせるのはどうかと思ったのだが、これはアルノシュトの強い希望であった。実際、獣人は馬に乗ることなどほとんどない。身体能力の高さ故に動物の力を利用する必要がないからだ。利用するのはお年寄りなど体が不自由な者、あとは冠婚葬祭の送迎くらいでしか使わないらしい。マグノでは動物も魔法で動く道具も多用されているので、このあたりは身体能力による文化の違いなのだろう。

「申し訳ないが、ありがたいな。……では改めて。元気そうでよかったよ」

「ええ、本当に。貴女の表情を見れば幸せな生活ができているとよく分かるもの。手紙を信じていなかったわけではないのだけれど……実際に顔を合わせて安心したわ」

「はい。……とても充実していて、幸せな毎日です」

やりがいのある仕事に、愛する夫。暇などないくらいに満ち足りた日々。こちらでの生活に興味津々の母にあれこれと質問をされ、それに答える。黙って聞いているだけの父も興味はあるのだろう、口元は微笑で固定されていた。

「ランクルトが来られなかったことをとても残念がっていたわよ。あの子は妹が可愛くて仕方がないのだから」

「ふふ……お兄様らしいですね」

肩を落としながら寂し気な笑みを浮かべるランクルトの姿が簡単に想像できて笑う。私たちは仲の良い兄妹だったし、とても可愛がられていた。ヴァダッドの生活はもちろん幸せだが、離れていた家族との再会はまた別の幸福だ。あっという間に半刻ほどの時間が過ぎ、バルトシークの屋敷へと到着した。

「改めて、バルトシーク家へようこそいらっしゃいました。まずはゆっくり休まれてくださいませ」

「……夕刻にはささやかだが宴を開かせてもらうので、楽しんでもらえたらと思う」

屋敷の部屋は有り余っているので、両親が宿泊できる部屋も客室もしっかり用意してある。アルノシュトは意図的に私と家族の時間を作ろうとしているらしく、私に両親のもてなしを頼んで自分は宴の用意の確認だと広場へ向かってしまった。……話し足りないと思っていたのが顔に出ていて気を遣わせてしまったのかもしれない。

「まあ、残念。アルノーともお話をしたかったわ」

「……君は慣れるのが早いね、メリージュ。私は少したためらってしまってまだ呼べていないのだけど」

さっそくアルノシュトの愛称を口にしているメリージュに対し、フレデリクが苦笑している。しかしどちらもヴァダッドの文化に合わせようとしてくれているのが分かって嬉しかった。そう感じる私はもうすっかりヴァダッドの人間になっているのかもしれない。

いつの間にか、ここは異国の地ではなく私の居場所になっていた。実家や家族への想いを失くさないまま、この場所にいたいと思えている。

「私はアルノー様とお呼びしていますよ。お父様も何か敬称をお使いになれば言葉にしやすいかもしれません」

「ああ、そうだね。アルノー殿……は少し余所余所《よそよそ》しいか。アルノー君と呼ばせてもらおうかな」

「きっと喜んでくださいます。獣人はあまり顔には出ませんが……耳や尻尾が、とても感情豊かですから」

それは表情を取り繕《つくろ》うことができる魔法使いよりもずっと嘘《うそ》がなく、正直な感情表現だ。彼らは己の感情に嘘を吐けない。しかし魔法使いがその感情を理解できるようになるまでは少し時間がかかる。尻尾や耳の動きが何を示しているのか、実際に見て知る必要があるのだ。

「リシィという呼び方も可愛らしいわ。それに……アルノーはそう呼ぶ時大きく尻尾を動かしていたけれど、あれは喜びの表現でしょう？　貴女を深く愛しているのね」

メリージュの理解度と順応力の高さに驚かされる。あの短い対面時間でそれが理解できる彼女であれば、すぐにヴァダッドという国の文化に慣れ親しめるかもしれない。この柔軟性は私も見習いたいところだ。

「それにしても広い屋敷だね。ここに、二人だけで住んでいるんだろう？」

「はい。料理人などは通いですし……アルノー様のご家族はいらっしゃいませんから」

「そうか。……まあでも、すぐにぎやかになるんじゃないかな」

温かな眼差しと微笑みを向けられて、その言葉の意味をゆっくりと理解する。それはおそらく、私とアルノシュトの間に新しい家族が出来るはずだという意味だ。

（……そうなれば、嬉しいけれど）

実際のところ獣人と魔法使いの間に子供が出来るのかは前例がないため不明である。それでもきっとそのような未来が訪れると、そうであってほしいと、フレデリクは願ってくれているようだった。


日が沈み始める頃、広場へと両親を案内した。ヴァダッドの宴とは広場で火を焚《た》くもので、今回はそれに少し趣向を凝らすことにした。

「今宵は身内だけの小さな宴だが、親交を深められればと願っている。何かあればいつでも言ってほしい。では、楽しんでくれ」

高く積まれた薪にアルノシュトが火を入れた。ここからは私が魔法の演出を加える。燃える薪から小さな火の明かりが空へと浮かび上がり、広場にゆらりゆらりと散っていく。そうして辺りを炎の色の明かりが照らした。蛍《ほたる》のように小さな炎は広場中を舞って、ゆらめく。もちろんこれは幻影なので熱を持たず、触れたものが燃えることはない。この演出は獣人たちにも好評であった。

そして今回は他の招待客はおらず、私とアルノシュトと両親の四人のみである。ヴァダッドの宴は本来立食パーティー形式だが、今回は焚火から少し離れた場所にテーブルを用意した。料理は我が家の料理人、ゴルドークの自慢の品である。

（宴というよりは食事会というのが正しいのかもしれないけれど……）

それでも野外で火を焚いて食事を摂《と》るなら宴なのだ。私とアルノシュトは両親と向い合わせで座り、食事と会話を楽しむ。アルノシュトを交えて四人でゆっくり話すのはこの時間が初めてで、どうなるかと僅かな不安もあった。しかしそんなものはすぐに消えてなくなる。両親の表情には全く険がなく、アルノシュトを見つめる目が優しかったのだ。

「アルノー君から見て、魔法使いとはどんな存在かな」

「俺の知っている魔法使いはここにいる三名のみだが……笑う顔がとても好ましいと思っている」

愛称を呼ばれてパタパタと尻尾を振りながら、生真面目な顔で答えるアルノシュトの姿に小さく笑う。彼の尻尾は大きいのでテーブル越しにも見えているかもしれない。メリージュの目が楽しげに彼の尾を見つめているように見えるのも気のせいではないだろう。

実に穏やかな空気で、心地よい。満天の星と澄《す》んだ空気の中で炎の明かりに照らされて、私の大事な人たちが言葉を交わしている。

「リシィのおかげで……マグノや魔法使いに興味を持っている獣人も多くいる。もし、よければ……そんな獣人も招いた宴に、フレデリクとメリージュも招待したい」

今回は両親と私達夫婦だけのごく小さな集まりだ。これではまだ、魔法使いと獣人の交流とは言えない。しかし初めの第一歩であることは間違いだろう。次はもう少し他の人間も交えて、その次はまた人を増やして。そうして少しずつ、関わる人間を増やせばいいのだ。

「それは素敵な案ね。是非《ぜひ》、お招きいただきたいわ。ねぇ、貴方？」

「また私たちだけで訪れたらランクルトが拗ねてしまうぞ」

「ふふ……では、次の機会は是非お兄様をお呼びしましょう」

その場に人を呼ぶべきか否かはまた考えるべきだろう。しかし、ランクルトにも是非今の私やこの国と人々を見てほしい。兄が許してくれるなら数人の客人も招きたいところだ。

そうして考えを巡らせているとふと視線を感じた。目が合った父は微笑んで頷き、そして隣のアルノシュトへと視線を移す。

「去年までは国境を守るミリヴァム家が、ヴァダッド領に踏み込むなんてありえなかった。あるとすればそれはもっと険悪な事態であろうと思っていた。……ただ娘の婿に会いに来ただけだとしても、小さからぬ変化だと思っているよ」

いまだに両国の関係が変わったとまではいえない。一部の人間の意識が変わりつつあるだけだ。数百年の間の溝がたった一年で埋まるはずはない。しかし水面に落ちた小さな石の波紋が水面を広がってゆくように、焦らず、急がず、時間をかけて。この変化の波を広げていく。……その波紋を起こすのは私とアルノシュトの役目である。

「俺とリシィが必ず、両国の懸け橋となる。……だからどうかこれからも、よろしく頼みたい。バルトシークの領主としても、フレデリクの信頼を得られるよう努力する」

「それなんだけどね、次代を担うのは息子のランクルトだ。アルノー君には私よりも息子と親交を深めてもらいたい。私は近いうちに退くつもりだし、これからの変化の時代は若者に任せるべきだろう」

父はまだ若々しい見た目をしているが、それでも四十を超えている。あと二十年もすれば魔法使いの平均的な寿命に到達するのだ。今からの時代を担うのは兄や私達の世代であり、任せられると思ってくれているらしい。それは寂しくもあり、そしてとても誇らしいことだった。

「そうね。そしてその変化の中心にはきっと貴女達がいるのでしょう。この先がとても、楽しみよ」

未来を見据《みす》えるような透き通った眼差しを向けられて、自然と背筋が伸びた。両親は私たちが未来を変えることを望み、そして信じてくれている。

「だから……私たちとは義理の息子として仲良くしてくれたら嬉しいよ。正直、結婚が決まった時は心苦しかったんだがね。今の娘の顔を見れば、それだけで君という人間への信頼が持てるくらいだ」

「そうね。だからもっとアルノーのこと、二人のことを聞きたいわ。今夜で語りつくせないかもしれないから……今度はミリヴァムのお屋敷に来てくださる？　お友達を連れてきてくださってもいいのよ。手紙にあった猫の友人という御方にもお会いしてみたいわ」

「……ああ、ありがとう。そうさせてもらえたら、嬉しい」

空を切る音が聞こえてくる。表情がほとんど変わらなくてもアルノシュトの気持ちは二人に伝わっているはずだ。

（シンシャはどうか分からないけれど、マグノへ行くと言ったらミーナはとても喜んでくれそう）

こうして少しずつ交流の輪が広がっていくのだろう。手紙に書いた猫の獣人であるミランナやシンシャが両親に会い、話をする。そんな想像をしただけで胸が温かい。

談笑を続ける家族三人の声を聞きながら、私はただひたすらに満たされていた。

あとがき

はじめましての方ははじめまして。ご存じの方はいつもありがとうございます、こんにちは。Ｍｉｋｕｒａ《みくら》です。この度は『一匹狼の花嫁～結婚当日に「貴女を愛せない」と言っていた旦那さまの様子がおかしいのですが～』をお手に取っていただきありがとうございます。

本作はＷＥＢに掲載していた内容に加筆修正をしたものになります。獣人と魔法使いという全く違う文化を持った二種族の異文化交流と恋愛を書きました。ＷＥＢ版を既読の方も初見の方もお楽しみいただけていたら幸いです。

この作品の話の主軸になる獣人は、動物ごとの特徴やそれらしい性質なども盛り込んで、さまざまな性格のキャラクターになったと思います。

アルノシュトは狼族の獣人。番を一途に愛する狼の習性を「生涯に一人しか愛せない」という形にしました。隠し事をしながらそれを伝えた結果「貴女を愛せない」の一言になり、色々と誤解が生まれてすれ違ってしまいました。

異文化の異種族だからこそ起きる認識の違い、すれ違いを書くのは楽しかったです。文化を考えるのも、種族ごとの性質やルールを考えるのも楽しかったですね。

獣人たちの種族ごとにその動物らしい性格や行動をつけています。分かりやすいのはウラナンジュでしょうか。甘噛みをしたり、食べ物を分け与えようとしたりするのは鳥の愛情表現ですね。私は動物全般好きですけど、鳥が一番身近なので一番行動を考えやすかったです。

さばるどろ先生がキャラクター達をとても魅力的にデザインしてくださったので、全キャラクターが本当に素敵になりました。ありがとうございます。特にウラナンジュは鳥っぽさが強く出ている設定でお願いしたので難しいかなと思っていたのですが、本当にカッコいいですね……。実は自分でもかなり好きなキャラクターになっていたので、描いて頂けてとても嬉しかったです。

フェリシアは芯の強い女性なので、一人で不安定な関係の国へ嫁ぐことになっても結構落ち着いていて、新しい生活を受け入れ慣れるのも結構早かったですね。そんなフェリシアだからこそ、口下手で人付き合いの下手なアルノシュトとも上手くやっていけたのだと思います。あとはシンシャとミランナの猫兄妹が上手く緩衝材となってくれたおかげでしょう。自由であえて空気を読まずに整えてくれる、そんな良き友人です。

アルノシュトの幼少期は厳しく育てられ、落ち込む気持ちを救い上げてくれた想い人は死んだと思い込んでいたので、自然と口数が少なくなり、人付き合いが下手になったのでしょう。シンシャのように察しのいい友人が居てくれなければ完全に孤独な一匹狼でした。ウラナンジュとは子供の頃にはそれなりに付き合いがあったのですが、そりが合わないので大人になるにつれて疎遠になっています。口下手なアルノシュトは嫌味なウラナンジュには絶対に口では勝てないので、苦手です。逆にウラナンジュはアルノシュトをからかうのが嫌いではありませんでした。

ウラナンジュはフェリシアに対し、恋愛感情に近いものを持っていますが、それが育ちきる前に距離を置くことにしました。恋ができる確信はあったのかもしれません。それでも好いた相手の幸せを願えるような性格をしています。アルノシュトのことはどうでもいいのですが、フェリシアの幸せを思うなら腹立たしいことにアルノシュトも幸せでなければならない。でもちょっとくらい慌てればいい。という悪戯心で手紙関連の行動に出ています。
シンシャとミランナは仲が良く、結構似た者同士な兄妹です。好きなものの傾向も似ているので、どちらかが好きなものはもう片方も好きになることが多い。アルノシュトとフェリシアを二人とも気に入っています。屋敷に入り浸っているので分かりやすいですね。ただ、シンシャはアルノシュトのことを考えて、フェリシアと仲良くなり過ぎないように一線を引いています。

さて、ここまでお付き合いいただきありがとうございました。最後にこの場を借りてお礼を申し上げます。イラストを担当してくださったさばるどろ先生、編集さま、出版に携わってくださった皆様、ありがとうございます。
最後にこの本を手に取ってくださったあなたへ。ありがとうございます。またどこかでお会いできましたら幸いです。

Mikura

Niμ NOVELS

好評発売中

目が覚めたら、私はどうやら絶世の美女にして悪役令嬢のようでしたので、願い事を叶えることにしましたの。

きらももぞ

イラスト：月戸

悪役令嬢、初恋を取り戻す！


『人の恋路を邪魔する悪役令嬢はすぐに身を引きなさい』

それは学園の机に入っていた手紙だった。

婚約者である第一王子から蔑ろにされ続け、諫める言葉も届かず置いていかれたある日。

ついにレティシオンの心は壊れてしまった。

――自分が何者なのかわからない、と。

そんなある日第二王子・ヴィクトールが現れると
兄との婚約を破棄して、自分と婚約をしてほしいと願い出てくる。

「レティシオン様のように努力できる人間になりたいです」

ヴィクトールからそう言われた初恋の、あの時の記憶がレティシオンによみがえってきて……？

ファンレターはこちらの宛先までお送りください。

〒110-0015　東京都台東区東上野2-8-7
笠倉出版社　Niμ編集部

Mikura 先生／さばるどろ 先生

一匹狼の花嫁
～結婚当日に「貴女を愛せない」と言っていた旦那さまの様子がおかしいのですが～

2023年10月1日　初版第1刷発行

著者
Mikura

発行者
笠倉伸夫

発行所
株式会社　笠倉出版社
〒110-0015　東京都台東区東上野2-8-7
[営業]TEL　0120-984-164
[編集]TEL　03-4355-1103

印刷
株式会社　光邦

装丁
CoCo.Design 小菅ひとみ

Niμ公式サイト　https://niu-kasakura.com/

ISBN　978-4-7730-6424-7
Printed in Japan